Florentine Gebhardt
Der Feinschmied von Lübeck

I0585248

SEVERUS

Gebhardt, Florentine: Der Feinschmied von Lübeck
Hamburg, SEVERUS Verlag 2012
Nachdruck der Originalausgabe von 1917

ISBN: 978-3-86347-266-5
Druck: SEVERUS Verlag, Hamburg, 2012

Der SEVERUS Verlag ist ein Imprint der Diplomica
Verlag GmbH.

**Bibliografische Information der Deutschen
Nationalbibliothek:**
Die Deutsche Nationalbibliothek verzeichnet diese
Publikation in der Deutschen Nationalbibliografie;
detaillierte bibliografische Daten sind im Internet über
http://dnb.d-nb.de abrufbar.

SEVERUS

Inhalt.

1.

Jürgen Kahlefeld, der Lehrbub, hob den Kopf mit dem um Stirn und Nacken rund geschnittenen Blondhaar von der Arbeit, über die er ihn gebeugt gehalten, und lugte nach der Tür der Werkstatt hin, die sich eben geöffnet hatte. Aber es war nicht sein Ohm und Lehrherr Alexander, wie er gedacht, der hineinsah, sondern nur die alte Brigitte, die Küchen= magd.

„Noch nicht daheim, der Herr Alexander", brummte sie und machte Miene, sich wieder zurückzuziehen, aber Jürgen rief sie halblaut an: „He, Brigitt, ist schon Essenszeit? Hab' Hunger!"

Die Alte nickte. „Schon, aber sie haben wieder so gar lange zu raten und zu reden, vergessen dar= über das Wichtigste! Und die Frau hat auch noch fürnehme Gäst', die sich nicht trennen wollen. Hat doch schon zu Mittag geläutet!"

Jürgen hatte das Lötrohr sinken lassen und die Kohle ausgeblasen. „So, wer ist denn bei der Ahne? Und ist Oheim Johannes nicht da und Base Agnete?"

„Der Lune und einer von den Hoevelns. Hm. Denk' mir mein Teil."

„Ich auch", lachte Jürgen. „Meine, 's gibt bald Hochzeitskuchen im Haus zur Sonne!"

„Meinst, Bub? Kann sein, kann sein. Aber das Agnetechen weiß wohl von nichts, sitzt droben im Giebel bei der fürnehmen Frau Bas'!" —

Jürgen machte ein verschmitztes Gesicht und wiederholte mit einem eigenen Lächeln: „Ja, ja, bei der Base Maria aus der Altmark — —" Er wußte es wohl, was es auf sich hatte mit der, er hatte helle Augen und Ohren und war zudem in manchen Dingen seines Lehrherrn Vertrauter. Heimlichkeiten wußte er zu hüten, wenn's drauf ankam, auch vor dem Gesinde, und da sogar erst recht! Drum sagte er weiter nichts, sondern pfiff sich ein Liedchen, betrachtete den gelöteten Gegenstand von allen Seiten, nahm einen Lederfetzen vom Werktisch und putzte an dem Metall herum, daß es alsbald funkelte und glänzte. „Schau, Brigitt, wird's nicht fein, das Ding?"

Die Alte bewunderte das kleine, glänzende Kunstwerk gebührend: „Was soll der Tand? Ist's eitel Gold?"

„Ei nein, nur vergoldet, aber sie könnten's auch aus purem Golde machen lassen, die Schweriner Grafen. Ist eine von den Mantelschließen, die Graf Heinrich für seine Ritterschaft als Ehrengabe machen läßt. Die hier hab' ich ganz allein gemacht. Meinst nicht, daß sie geriet?"

„Daß sie keinen Feinschmied haben unter ihren Schloßleuten, die Schweriner! Und just bis nach Lübeck um sowas kommen zu müssen zu dem Alexander Soltwedel!"

„Ei, Ohm Alexander ist halt berühmt um seiner Kunst willen. Und bringt ihm die Ehre und Geld!"

„Um die Ehr' brauchten die Soltwedels nicht
geizen, und mit dem Gelde ist's nimmer weit her,
das haben die Ritterlichen wohl oftmals selber nötig.
Und ist nicht gut, daß er sich mit den Schwerinern
abgibt. der Alexander, ist nicht gut!"

„Hahaha, Brigitt, was soll's denn schaden?"

St! Bub! Hast nicht gehört, der Wolbemar ist
wieder los; der den Schwerinern feind ist — aber
da gehn sie wohl fort, die Herren. Wenn nur erst
der Johannes vom Hafen heim wär' und der Ale=
xander vom Rat — —" Und hastig eilte die Alte
aus der Werkstatt, denn sie wollte für ihr Leben
gern noch einen Blick tun dürfen auf die Gäste, die
eben geräuschvoll die Diele durchschritten und das
Haus verließen — nicht in gar freundlicher Stim=
mung, wie es schien. Brigitte schüttelte den Kopf
und murrte vor sich hin: „All Ihr Heiligen, da hat's
üblen Bescheid gegeben! Armes Jüngferlein Agnete!
Ja, ja, die Frau ist gar zu geftrenge!"

Und scheu warf sie, ehe sie in die Küche schlüpfte,
noch einen Blick auf die Matrone, die eben das
Prunkzimmer, darin sie die Gäste empfangen, ver=
ließ und mit ernstem, ja fast finsterem Antlitz, hoch=
aufgerichtet, die Stiege emporklomm, zu dem Giebel=
stübchen, darin die junge Agnete von Soltwedel mit
klopfendem Herzen harrte, was für einen Ausgang
das Gespräch zwischen Ahne und Gästen haben
möchte. Denn sie hatte die Besucher vorher die Gasse
herauf kommen und in ihres Vaters Haus treten
sehen. Gar zerstreut waren die Antworten gewesen,
die sie der schönen Frau auf all ihre Fragen gab,

der schönen höfisch gekleideten Frau, die auf dem Sitz am Fenster auf weichem Polster saß und lächelnd zu dem unruhvollen Kinde mit den langhängenden Mädchenzöpfen hinblickte. Jetzt knarrte die Stiege, es pochte am Türlein, das sich gleich darauf auftat. Frau Ursula trat ein. Agnete flog der Ahne entgegen und um den Hals.

Die wehrte ihr: „Wann wirst du die Kinderschuhe abstreifen, Du, Agnete? Ziemt sich ein solches Gebahren einer ehrsamen Jungfrau, zumal im Beisein der erlauchten Gräfin?"

„Laßt Euer Enkelkind gewähren, Frau Ursula", sprach lächelnd die blasse Frau am Fenster, indem sie sich erhob. Ihr reiches Blondhaar war von einer Haube bedeckt, ein Zeichen, daß sie im Ehestande lebte, während Frau Ursula die Witwenhaube trug. —

„Agnete ist wie- der Sonnenschein, der alles hell macht", fügte sie hinzu. „Und eben jetzt mag ihr das Herzlein springen vor Ungeduld. Sahen wir doch vorhin zwei würdige Männer das Haus betreten, und Agnete hat es mir vertraut, was für eine Hoffnung ihr da geweckt ward."

„Hat das törichte Kind Euer Ohr mit solchem Geschwätz erfüllt? So darf ich wohl in Eurem Beisein ihm auch sagen, wie es mit dem Recht auf Hoffnung steht! Höre, Tochter Johann von Soltwedels, welche Botschaft jene Männer mit fortnahmen im Namen Deines Vaters, in Deiner Ahne Namen an Nikolaus von Hoeveln: Wenn Lübeck frei sein wird vom dänischen Joch — erst dann wird Agnete mit dem Nikolaus die Hochzeit feiern!"

Das Licht der Hoffnung erlosch in des Mädchens Augen, die sich mit Tränen füllten.

„O Ahne, Du bist hart! Warum dürfen wir zwei nicht miteinander glücklich sein, ob nun auf der Burg von Lübeck noch Dänenkrieger liegen oder nicht?!"

„Ich sehe, ich war klug, die Werber heimzuschicken," zürnte die Matrone. „Du bist noch längst nicht reif dazu, ein lübisch Bürgerweib zu werden, wenn Du noch so unstolze Reden führen kannst! Ich hoffe nur, daß Nikolaus von Hoeveln besser verstehn wird, wie der Bescheid gemeint ist!"

Agnete schluchzte in ihr Schürzlein und schlich sich aus dem Gemach. Die Gräfin aber sprach ernst, halb mitleidig, halb achtungsvoll: „Euer Bescheid, Frau Ursula, klang freilich hart, doch ist er Euer würdig. Und ich muß Euch danken. Denn Euer Wort zeigt, daß die Hoffnung auf Tage naher Freiheit noch in Eurem Herzen wohnt. Doch scheint mir, daß dieses Hoffen stärker ist in der Seele der Alten, als der Jungen."

„Weil die Jungen nichts andres kennen, als unterm Joche leben. Freiheit ist ihnen ein bloßer Klang. Uns Alten ist sie Lebensziel. Ich will meine Augen nicht zur letzten Ruhe schließen, ehe ich ihre Sonne nicht wieder aufgehn sah über meiner Väter Stadt!"

„Wer möchte das Euch heißer wünschen, als Maria von Schwerin? Wer weiß es besser, als ich, was Fesseln tragen heißt?" Das liebliche Antlitz der Sprechenden sah wild und düster aus. Ein Strahl des Hasses glühte in den Tiefen der grauen Augen.

Frau Ursula tröstete sie: „Verzaget nicht, edle Gräfin! Es gibt doch Wege, Eure Fesseln zu lösen, die des Dänen Gewaltat Euch angelegt. Der Heilige Vater in Rom kann auch das Sakrament der Ehe aufheben — —"

„Sakrament? Für mich war diese aufgezwungene Ehe mit Klas Halland, dem Sohne Woldemars, niemals ein Heiligtum. Ich habe sie hassen gelernt, beide, Vater und Sohn. Doch fürchte ich, mir wird nur ein Befreier kommen — der Tod — — —"

Sie brach ab, denn ein Geräusch ließ sich an der Tür vernehmen. Der Hausherr war es, Herr Johann von Soltwedel, der bescheiden, mit ehrerbietiger Neigung eintrat, um Vergebung bittend, daß er in das Gemach der Frauen bringe. „Ich bringe Euch einen erwünschten Gast, hochedle Gräfin," sprach er, „den ich im Hafen traf, wo eben ein Schiff mit Holsteins Flaggen vor Anker ging. Drunten im Prunkgemach wartet er darauf, Euch begrüßen zu dürfen. Es ist der Ritter von Gubendorp. Wollt ihr ihn empfangen?"

Ueber Gräfin Maria's Züge glitt ein Freudenschein: „Der Ritter Gubendorp? Wenn Jhr, mein würdiger Gastfreund, es gestattet, so will ich ihn sehen. Wollt Jhr mich zu ihm führen?"

Tief sich neigend, bot der Hausher seinem erlauchten Gast den Arm, ihn aus dem traulich-heitern, aber niedern Giebelzimmer hinabzugeleiten in das Prunkgemach mit seinen dunklen, holzgetäfelten Wänden, und sich dann sogleich zurückzuziehen, nachdem die Dame eingetreten war.

„Heil Euch und Gruß, vieledle Frau!" Der Ritter von Gudendorp beugte das Knie vor der Eingetretenen. Stumm stand sie einen Augenblick vor ihm, dann reichte sie ihm die Hand: „Seid mir willkommen, Detlev Gudendorp, mein vetlieber Trautgesell aus sel'ger Kinderzeit. Das ist ein unverhofftes Wieder= sehen! Kündet mir, was Euch hierher treibt und wie Ihr meinen Zufluchtsort erkundet habt!"

Er folgte ihr auf ihren Wink zu einem Sitz und ließ sich ihr gegenüber nieder.

„Mein Gebieter, Herzog Alf von Holstein=Schauen= burg, in dessen Schutz Ihr Euch vor Halland flüch= tetet und der Euch in das Haus des ihm vertrauten Bürgers leitete, hat mich erwählt, Euch Botschaft zuzutragen."

„Mit Staunen sehe ich allerdings, daß Ihr Holsteins= Farben führt. Seit wann seid Ihr nicht mehr in Diensten meines Oheims Heinrich?"

„Schon seit seiner Heimkehr von der Pilgerfahrt nach dem gelobten Lande, wohin ich ihn, Ihr wißt's, begleitete, als Ritter noch ihm Knappendienste leistend. Nach meiner Heimat Holstein trieb es mich. Und so bot ich denn meinen Dienst auch Herzog Alf von Holstein Schauenburg — dieweil ich wußte, daß er derselben Frau sich zum Ritterdienst geschworen, die ich mir als Herrin erwählt, seit jenen Tagen, da ich noch Edelknabe bei Eurer Base in Boyzenburg ge= wesen. Nie hab' ich diesen Knabenschwur vergessen!" Und er öffnete den Waffenrock über der Brust und wies ein längst verblaßtes, rosenfarbnes Schärpenband, das er darunter trug. „Seht, edle Gräfin, Euer Spielgefährte von einst hält Euch noch heute Treue."

Die Gräfin lächelte: Ich dank' Euch, Detlev Gubendorp. Und nun laßt mich die Botschaft wissen, die Vetter Alf, der wackre, treue Recke, durch Euch mir sendet."

„Ein Warnwort ist es und zugleich ein Wort der Labung. Die Stunde ist da, daß Gräfin Maria nicht mehr sicher genug ist in dem schlichten Bürgerhaus zu Lübeck, in das sie sich geflüchtet vor dem verhaßten, aufgezwungenen Gemahl. Weil der in Kürze hier mit seinem Gebieter Einzug halten dürfte."

Die Gräfin fuhr auf: „Der Dänenkönig — hier in Lübecks Mauern? Und Lübecks Bürger?

„Werden nicht anders können, als in Gehorsam ihn willkommen heißen als ihren Herrn. Er ist stark an Bundesgenossen. Die Dithmarschen folgen ihm gezwungen; mancher Fürst, gewonnen durch Versprechungen. Und auch Lübeck wird den Bund mit ihm gewiß erneuern unterm Druck der waffenstarken Mannen, die unter Ritter Günther in der Zwingburg liegen."

„Meint Ihr? Was hat Lübeck mit alledem zu schaffen — was will König Woldemar hier?"

„Es verlautet, das Maienfest will er begehen in Lübecks Mauern, ehe er an ernstere Kriegsarbeit geht."

Sie sprang empor, aus ihren Augen flammte Hohn. „Hat König Woldemar noch Lust zu Maienfesten? Vergaß er das vor drei Jahren auf der Insel Lyve? Als er in Oheim Heinrichs Gewalt geriet? Das ihn drei Jahre der Freiheit kostete, ihm Schmach gebracht und nur zu gerechte Strafe? Er soll sich hüten, daß ihm Lübeck nicht ein ähnlich Maienfest bereite!"

Er schüttelte das Haupt: "Ich glaube das nicht, wenn Eure Gastfreunde vielleicht auch ähnlich denken, und heimlich Feindschaft wider den Dänen spinnen. Sie haben ja hier drei Jahre Zeit gehabt und doch versäumt, sich frei zu machen, als der Däne in Banden lag. Damals war's leicht, jetzt wäre es ein Wagestück. Denn die schwere Schmach, die Heinrich von Schwerin ihm angetan mit diesem Frieden, die hat dem Dänen manchen neuen Freund geweckt und seinen eignen Haß so riesengroß gemacht, daß er nun stärker ist, als vorher."

Sie sah ihn zornig an: "War jene Schmach denn nicht verdient? Zum Verräter war er an meinem Ohm geworden, der ihm sein Weib und Gut vertraut, als er die Pilgerfahrt antrat. Gewalt tat er der ihm vertrauten Schutzbefohlenen, und mich, ihr Mündel, zwang er zu der verhaßten Ehe, um der Güter willen, die ich seinem Sohn als Morgengabe bringen mußte. Und jetzt, da er, die Freiheit wieder zu erlangen, Urfehde schwur, jetzt bricht er von neuem diesen Eid. Meint Ihr, daß die Kleinodien der Dänenkönigin, meiner armen Base — mir ersetzen können, was Woldemar geraubt?"

"Herrin, wer fühlte tiefer, was ihr littet, als Detlev Gudendorp? Könnte ich mit meinem Herzblut Euch die Freiheit zurück erkaufen!"

Sie sah ihn lange an: "Ich glaub' Euch, Gudendorp. Doch höret, was ich Euch vertraue, was Euch

zudem vielleicht nichts Neues ist; dieweil ich ahne,
daß noch andre Botschaft Euch just in das Haus
der Soltwedels führte: Ich habe Ursach', auf Lübeck
mit Zuversicht zu blicken. Vor einer kurzen Frist
erst trugen Freiwerber um eines lübischen Mädchens
Hand den Bescheid mit sich hinweg: Nicht eher soll
der Brautlauf gehalten werden, bevor nicht Lübeck
und die Ostseeküste frei ward vom Dänenjoch! —
Frauenmund sprach's, und Frauenmund soll auch
Euren Zweifel in Zuversicht verwandeln. Sagt Herzog
Alf, ich danke ihm für die Warnung und das Obdach,
das er mir bei sich bieten will. Aber Maria von
Schwerin wird Lübecks Mauern und dies Haus
nicht eher verlassen, als jene Hochzeit stattfand, bei
der sie Ehrengast zu sein gedenkt. Dann, erst dann,
Detlev Gudendorp, sollt Ihr mich heimgeleiten —
dahin, wo mein getreuer Spielgefährte seine Wohnung
hat!" Sie reichte ihm die Hand.

Sein Auge leuchtete hell: „Wenn die deutsche
Ostseeküste frei ward vom Dänenjoch — und frei
vom Joch erzwungener Ehe, Maria von Schwerin!
Mein Leben setz' ich dran! Und so hoffe auch ich,
daß König Woldemar zu übler Maienfeier einkehren
mag in Lübecks Mauern und ich bald, bald streiten
darf für Marias — und des deutschen Nordens
Freiheit!" Er neigte sich und ging. Der blonde
Lehrbub' harrte seiner auf der Diele und geleitete ihn
in die Stube seines Oheims Johann, der ihm den
Befehl dazu gegeben. Denn Gräfin Maria hatte
Recht — es gab noch einen zweiten geheimen Auf=
trag des Herzogs von Schauenburg an die von

Soltwedel. Der galt zwar dem jüngeren Bruder Johanns, dem Alexander. Aber der war noch auf dem Rathaus und wurde jeden Augenblick zurück erwartet.

Die alte Brigitte sagte in der Küche murrend zu Frau Ursula: „Wie lang soll's heute währen, Frau? Die Mannsleut' finden gar kein Ende mit dem Reden, und nun sitzt da gar wieder einer, auf den Alexander harrend. Schier verkocht das Essen!"

Und sie hatte wohl Ursache zu solcher Klage, aber größere noch zur Verwunderung. Denn die sonst so pünktliche, genaue und strenge Hausfrau hatte keine Acht auf erstere, und zuletzt nur eine wunderliche Antwort: „Es wird noch mancher Brei verkochen und manches Fleisch verbrennen, bis die eine Stunde da ist — — —" Und dann verlor die Rede sich in unverständliches Gemurmel, und die Augen der Ahne sahen weit geöffnet und groß in die Luft, als blickten sie hinaus in die Ferne, durch die Wände des Hauses hindurch, und sähen nichts von dem, was um sie her war.

Auf der Diele aber stand Jürgen Kahlefeld, der Lehrbub, neben seiner Base Agneta. Sie hatten die Köpfe zusammengesteckt und flüsterten erregt miteinander. Das Mädchen hatte verweinte Augen, aber die des Burschen glühten: „Recht ist's, was die Ahne sagt, sie müssen fort, die Dänischen! Und sei nur ganz ruhig, es geschieht wohl bald. Ich weiß was — aber sagen darf ich nichts. Ohm Alexander — — und der Ritter, der da drinnen auf ihn wartet — — und die Schweriner — sie sind alle ja dabei. Und

wir Lübifchen, haha, wir lübifchen Jungs erft recht!
Ich forg' fchon, daß Du ihn bald kriegft, Deinen
Nickel! Ich bin der erfte dabei, und der Olaf Hillege,
der Hauptmann, der uns immer fo aushönt, haha,
follft fehn, den nehm ich mir unter die Fäufte. Sie
werden fliegen lernen, die Danebrogs, alle miteinander! Dafür forg' ich, der Jürgen Kahlefeld. Bin
nicht umfonft von der Ahne rechter Sippe!

2.

In dem weiten, niederen Ratsfaal mit den bunt-
gefchnißten Deckenbalken und den reich mit Schilde-
reien ausgefchmückten Wänden war es indes gar
lebhaft zugegangen. An den langen Eichentifchen
faßen fie, die Herren vom Rat, die von den Gefchlechtern
und von den Gewerken; noch war nicht die ftrenge
Scheidung zwifchen ihnen, die erft fpäter aufkam,
als die Stadt, was nachmals gefchah, mächtig und
reich und frei war. Es hatten jeßt Siß und Stimme
gar manche, die fchlichteren Herkommens waren als
andere, die nicht viel zu fagen hatten, denn es ging
nach dem Verftand und der Tüchtigkeit, wo man
einen in den Rat wählte. So war es denn gekommen,
daß die Soltwedels, die gar nicht zu den alteins
gefeffenen Bürgern von Lübeck gehörten, fondern erft
vor einem Menfchenalter zugewandert waren aus
dem Reich, aus der alten, märkifchen Stadt, nach der
fie fich nannten, aber durch Einheiratungen mit alt-
lübifchen Familien, unter denen die Kahlefelds eine
war, Bürgerrecht erworben, fchon einen aus ihrem
Haufe im Rate hatten. Und das war noch dazu

des Rats gekürter Sprecher. Ein Mann noch in
der Blüte der Jahre, stattlich und wohlgewachsen,
mit klugen Augen und einer Stirne, die von Kraft
des Denkens zeugte, aber mit Zügen von ernster
Verschlossenheit.

Eben stand er und seine Stimme klang laut und
ruhig durch den Raum, indem er dem Ritter Günther,
dem dänischen Burgvogt, Antwort gab im Namen
des Rats der Stadt Lübeck: „So lasset denn dem
König Woldemar die Kunde sagen, Herr Ritter, daß
die Tore Lübecks ihm offen stehen werden zu gast=
lichem Empfang, wie er es heischt, und wie es uns
geziemt. Dies ist die Antwort eines hohen Rats
von Lübeck, Ritter Günther!" —

Der Ritter neigte zufrieden, doch zugleich mit
einem Ausdruck des Hochmuts sein Haupt, zum
Zeichen, daß er keine andere Antwort erwartet habe,
gab sodann kund, daß er dieselbe dem König über=
mitteln werde, und drehte sich kurz um, worauf er
mit klirrendem Schritt, gefolgt von seinem Waffen=
knecht, den Saal verließ.

Eine Weile blieb es drinnen ganz still. Dann
erhob sich ein wachsendes Murren, und viele Gesichter
auf den Bänken der Zunftherren, wie auf denen der
Geschlechter zeigten verdrossene und verbissene Mienen.
Alle sahen auf den Sprecher, der dem Ritter jenen
Bescheid gegeben. Zwar hatte keiner eine andere
Antwort gewußt oder gewagt in Gegenwart des
Burgvogts. Aber nun wollte sie den meisten doch
nicht richtig scheinen. Nur der Bürgermeister, Herr
Johann Persevale, der mit seinem weißen Haar und

der goldenen Amtskette gar würdig ausschaute, nickte nochmals zum Zeichen der Zufriedenheit, und dasselbe tat Heinrich Ploene, der neben ihm saß. Sonst war nur das dumpfe Murren bemerkbar. Endlich hob einer zu reden an, das war der Knochen- bauer Hinz von der Wische:

„Den Dänen einlassen und festlich empfangen? Da schlag doch Sankt Peder drein!"

Und auch von den Bänken der Geschlechter klang es, das war Konrad van Hoevelns Stimme. Der Hoeveln war erst kurz vor dem Ritter Günther mit seinem Freunde Gottschalk Lune in den Rat gekommen, und hatte noch die Seele voll Groll auf die Solt- wedels, in deren Hause er soeben eine Abweisung erfahren. Das machte seine Stimme scharf:

„Und mit geziemenden Ehren obendrein soll Lübeck den Dänen empfangen? Und das sagt Alexander von Soltwedel und versichert es noch recht geflissentlich?"

„Und da wird's heißen, sonderlich tief in den Säckel greifen, damit der Empfang auch recht festlich gerät?" murrte Paternostermaker, der seinem Namen gemäß auch der Bernsteindrechsler war. Und ein paar andere Stimmen schrien noch dazwischen: „Eine Sünde und Schande wär's, wenn wir das täten!"

Alexander von Soltwedel stand ganz ruhig und sah den van Hoeveln nur scharf an. Dem allein galt seine Antwort: „Meinet Ihr, daß wir König Wolde- mar nicht empfangen sollten? Sollten wir's ihm wehren? Er kommt ja doch in Frieden, und die Burg ist sein, die Mannschaft darinnen ihm geschworen!

Daß er in seinem Eigen Einzug hält, das zu ver=
hindern, ist wohl nicht Sache unsrer Stadt!"

„Wäre auch sehr unklug," fiel Heinrich Ploene
ein. „Er könnte uns zum Dank die Schiffahrt
sperren, durch seinen Sperrturm bei Travemünde, und
das wäre für uns übel."

„Ja, warum ist denn der Sperrturm und die
Burg inmitten unserer Stadt noch Wolbemars?"
schrie Christoph van Hoeveln, Konrads Bruder,
ungestüm. „Warum haben wir uns nicht daran
gehalten und die Gelegenheit genützt, als sie uns
günstig war?"

Der Knochenhauer schlug wuchtig auf den Tisch,
daß er zitterte: „Ich hab's immer gesagt, leicht wär's
gewesen, die Burg zu nehmen samt dem Turm und
die Dänen vor die Tür zu setzen, als der Wolbemar
noch in Banden war. Wir Knochenhauer hätten's
schier allein geschafft!"

Der alte Bürgermeister wandte ruhig ein: „War
ja nicht not, dieweil die Dänen unter uns sich stille
hielten wie ruhige Bürger all die Zeit!"

„Ho, fangen schon jetzt an, sich wieder mausig zu
machen," fielen zweie von der Bäckerzunft ein. „Wird
bald wieder losgehn, die Plage mit der Brotlieferung
Dumm waren wir, daß wir sie nicht aus den Toren
warfen, als es leicht war!"

„Leicht freilich wär's gewesen, Ihr Männer, so
zu tun," entgegnete Alexander von Soltwedel, die
kurze Atempause nützend, um sich Gehör zu schaffen.
„Aber ob es uns für die Zukunft, selbst schon für
die heutige Zeit Nutzen — und ob es Lübeck Ehre

gebracht hätte, so zu handeln wider die wehrlosen Mannen König Woldemars? — Die Grafen von Schwerin, als sie ihn auf Lyoe überfielen, da er sich des nicht versah, die taten nach dem Recht der Rache, weil Woldemar wider sie gefrevelt. Bei uns wäre es nichts gewesen, als eine meuchlerische, feige Tat, und im Reich hätten sie auf Lübeck und seine Bürger wohl mit guter Ursach' mißächtlich blicken dürfen."

„Gottschalk Lune, der Freund der Hoevels, sah spöttisch auf Alexander hin: „Haha, daß Ihr große Worte machen könnt, das wissen wir. Also um Lübecks Ehre ist es, daß noch heute die dänische Zwingburg in Lübecks Mauern steht? — Wer — ich frag' Euch vor allen diesen Zeugen —, wer sprach vor ein paar Jahren ein andres großes Wort: „Säße ich im Ratsstuhl statt meines Bruders, — ich würde wohl die dänische Last abzuwerfen wissen!"

„Mäßigt Euch, Lune," mahnte der Bürgermeister. „Wir wissen, daß die Soltwedels den Dänen keine sonderliche Liebe hegen. Aber bedachtsam sein ist klugen Mannes Art, und ich selber achte wohl die Gründe, die Soltwedel zurückhaltend sein ließen."

„Bedachtsam? Gründe? Die Soltwedels sind allemal mehr auf ihren Vorteil bedacht, als auf das Wohl der Stadt. Sind ja auch nur Zugewanderte! Wer weiß, was sie für sich von Woldemar erhoffen!"

„Das ist Kränkung der Ehre!" schrie Ploene, „noch dazu im offenen Rat! Keiner darf es dulden, daß auf Herrn Alexander solches geredet werde! Und nun will auch ich noch etwas sagen. Wir haben garnicht Ursach', wieder Woldemar zu sein. Stets sind wir gut gefahren, wenn wir zu ihm hielten, und wir müßten wohl bedenken, was wir zu hoffen hätten von seiner Gunst — und zu fürchten von seiner Ungunst!"

„Schande!" fuhr Lune auf. „Wir sind deutschen Bluts, und dulden's, daß der Fremde jahraus, jahrein auf unserm Grunde sitzt!"

Der andere zuckte die Achseln. „Das es so ist, an die zwei Jahrzehnte schon, wer trägt die Schuld? Das Reich, das uns im Stich ließ! Kaiser Friedrich der Staufe, der drunten in Italia Hof hält, und alles Land nordwärts der Elbe den Dänen „für ewige Zeiten" ließ! Was hilft uns unser deutsches Blut? Seit Heinrich der Löwe tot ist, der drauf hielt — hat der deutsche Kaiser, das deutsche Reich die Blutsgenossen feig und schwach der Dänen= herrschaft ausgeliefert. Was können wir da tun, als uns beugen?" —

„O, wir könnten, wenn wir wollten!" riefen Lune und die Hoevels. „Aber am Willen eben mangelt's!" Die Herren von den Zünften stimmten zu, und erhitzt scholl Rede und Gegenrede noch eine ganze Weile weiter, bis endlich wieder eine Pause eintrat, und wieder Alexanders ruhige Stimme vernehmbar ward: „Auf Eure Kränkung, Lune, geb' ich keine Antwort, denn sie trifft mich nicht.

Auch rede ich nicht von meiner Neigung für oder wider Woldemar, denn nicht eines einzelnen Neigung hat hier zu bestimmen. Das darf nur unserer Stadt Wohl und Wehe, Ehre oder Schmach. Ich wiederhole es: Was zu tun uns heute oder künftig vielleicht Nutz

und Ehre brächte, ehedem wäre es für uns Schmach
gewesen. Und nicht heute ist zu entscheiden, was die
Zukunft uns etwa noch gebeut. Nur die eine Frage
ward gestellt: Ob Woldemar in Frieden Einzug halten
könne in seine Burg, um hier das Maienfest zu
feiern?! Gab er eine Ursach', solch billiges Verlangen
abzuschlagen? Seid Ihr, sind wir imstande, es zu
wehren? — Wenn nicht, so laßt uns tun, was uns
geziemt!"

Unter den Zünftlern ward noch einmal ein
Murmeln und Tuscheln laut: „Der Soltwedel hält
es immer mit den Ritterlichen, weil sein Gewerb'
ihn mit solchen zusammenführt und sie ihm Nutzen
bringen." Lune aber rief laut: „Zweizüngig seid
Ihr dennoch, Alexander, und wißt die Worte zu
drehen, als wäret Ihr ein Predigermönch! Schade,
daß Ihr keiner wurdet!" Und der von der Wische
fügte bei: „Wer darf Euch trauen? Was ist Euer
wahres Antlitz?" —

„Ihr habt mir doch ehedem getraut, als Ihr mich
in den Rat kürtet an meines Bruders Statt! Jetzt
habt Ihr wohl kaum die Zeit, zu prüfen, ob Ihr
Euch da geirrt! — Wer aber noch Zweifel an mir
hegt, den lade ich für morgen nach dem Abendläuten
zu mir ins Haus zur Sonne. Dort werd' ich ihm
genauer Antwort geben. Jetzt trage ich an, zu raten
darüber, wie wir den Empfang geziemend ausgestalten,
dem königlichen Gast und unserer Stadt zu Ehren!"

„Ich dagegen," sprach der Bürgermeister lächelnd,
„trage an, solche Beratung auf morgen in der Frühe
zu verschieben. Zumal es lange Zeit zum Schluß

ist und unsere gestrengen Ehefrauen daheim mit dem Mittagessen warten werden. Morgen werden wir um so geschwinder einig werden!"

Der Antrag war nach aller Herzen, und Alexander von Soltwedel, der heute die Sache noch erledigen wollte, wurde überstimmt. Man lachte: „Ihr habt keine Ehefrau, das merkt man!" — „Aber eine gestrenge Mutter, die das Regiment führt!" sagte Konrad von Hoeveln mit unterdrücktem Spott. — „Dafür ist sie eine Kahlefeld," bestätigten die von dieser Sippe mit gewissem Stolz noch beim Hinausgehen.

*　　*　　*

Es gab wohl kaum ein späteres Mittagsmahl heute, als im Haus zur Sonne an der Mühlgasse. Erst als der holsteinsche Ritter nach kurzer Zwiesprache mit den Brüdern von Soltwedel durch die zweigeteilte, hölzerne Hauspforte in der Giebelseite auf die Straße getreten war, vom Hausherrn geleitet, und nach einem langen Blick empor zu den schmalen Fenstern unter dem geschnitzten Sonnenbildnis am Giebelbalken langsam davongewandert war, versammelten sich auf das Glockenzeichen die Hausgenossen in der Diele, um den langen, mit selbstgesponnenem Linnen gedeckten Eichentisch. Das zinnerne Geschirr und das zierlich aus Holz geschnitzten Eßgerät zeugten von dem Wohlstand des Bürgerhauses, dem an Stelle der früh verstorbenen Hausfrau die Aeltermütter vorstand. Die thronte, wie es sich geziemte, am oberen Ende, ihr zur Seite auf dem Ehrenplatz die Frau Base aus der Altmark, gegenüber die beiden

Männer des Geschlechts, der Witwer und der Un-
vermählte. Agnete hatte weiter unten Platz, dann
folgten in geziemender Entfernung die Bediensteten
des Hauses, die im Handel des älteren Soltwedel
tätig waren, erst dann Jürgen als des jüngeren
Soltwedel einziger Lehrling. Denn daß er aus der
Sippe war, ward nicht gerechnet. Das Hausgesinde
saß ganz zu unterst, und schweigend ward das Mahl
verzehrt. Es lag zudem auch wie ein Druck oder
doch wie eine Versonnenheit über allen, und Agnetes
Augen waren verweint, die Heiterkeit aus ihrem
Antlitz weggewischt. Ein Schmollen lag um ihren
Kirschenmund, etwas wie Trotz in ihren Blicken.
Der Oheim, der das Warum noch nicht wußte,
merkte es wohl und nahm das Nichtchen hinterdrein
beiseite: „Ei, worüber hat Mägdlein Agneta gar
geweint?" fragte er mit neckendem Ton, der etwas
Seltenes an dem ernsten Manne war. Da fiel sie
ihm mit neu ausbrechendem Schluchzen um den
Hals: „Ach Oheim Alexander — Du bist der Einzige,
der sich um mich bekümmert. Du hättest gewiß doch
eine andere Antwort gegeben, wenn sie Dich gefragt
hätten!" Und nun kam der Bericht. In seine Augen
stieg erst ein Lächeln des Verstehens, das dem Vorstoß
der Hoevelns gegen ihn im Ratssaal galt, dann aber
ein stolzes und freudiges Leuchten. Er strich dem
traurigen Kinde freundlich über das Blondhaar,
drängte es sanft vor sich hinweg und sprach dann
ernst: „Was Deine Ahne gesagt, war groß und gut.
So soll es sein. Wäre ich Dein Vater, nicht anders
hätt' ich reden mögen noch dürfen!"

„O," schmollte sie, „Ihr alle könnt den Nikolas nicht leiden und wollt nicht mit den Hoeveln ver=schwiegert werden, das ist's! Nun bin ich Dir auch böse, Ohm Alexander."

„Die van Hoevelns sind wohlgesinnte Leute, und keine Sippe wär' mir lieber für meines Bruders Eidam. Sei getrost, wenn es auch noch ein Weilchen Geduld braucht — nicht anders darf es sein — die Tochter der Soltwedel wird erst als freie Bürgerin ihrer Stadt zum Hochzeitsreigen schreiten. Aber sie wird's dafür laß mich sorgen — und Deinen Nikolas! — Und nun getröste Dich, geh Du an Dein Geschäfte, ich muß nach dem meinen sehn!"

In der Werkstatt saß Jürgen schon wieder beim Putzen der zierlichen Schmiedearbeiten, die aus Alexanders Hand hervorgegangen und von seinem jugendlichen Gehilfen fertig gestellt worden waren. Jürgen zeigte dem Ohm auf sein Geheiß die Stücke; jener prüfte sie und lobte die Arbeit. Dann sagte er: „In ein paar Tagen sei bereit, zu den Herzögen von Schwerin Dich auf die Fahrt zu machen. Du sollst all dies mitnehmen und eine Botschaft oben=drein, von der außer den Herren und mir nur Du zu wissen brauchst. Auch sollst Du nicht sagen, wohin ich Dich schicke. Ich weiß ja, daß Du schweigen kannst."

Jürgen machte einen kleinen Luftsprung: „Hei, das ist herrlich, Oheim. Verlaß dich ganz auf mich und sag's nur, wenn's so weit ist, ich richte alles aus."

„Er ist so leicht nicht, wie Du denkst, mein Bürschlein. Du mußt den Weg geheim halten und vor allem vor den Dänen auf der Hut sein. Denn

die würden es nicht glauben, daß der Feinschmieds=
lehrling eine so weite Wanderung tun soll, bloß um
ein paar bestellte Spangen an ihren Ort zu tragen
— wenn an diesem Ort der Dänen Todfeind wohnt!"

Jürgen sah den Sprecher mit listig zwinkernden
Augen an: „Bin schon auf der Hut. Und ich weiß
ja, die Bestellung ist nur Vorwand. Ihr habt andres
mit den Schwerinern zu schaffen, Ohm — und ich
denke mir's auch, was!"

„Behalte Deine Gedanken fein für Dich, Jürgen,
und vertraue sie niemand. Es wird die Stunde
kommen, da Deine Gedanken Taten werden sollen.
Aber noch eines — laß den Schabernack wider die
dänischen Söldner. Du bist kein Gassenbube, sondern
Ursula Kahlefelds, der Soltwedel Mutter Enkelkind."

Jürgen war rot geworden. „Warum soll ich die
Dänen nicht auch einmal necken, wie die anderen
Jungen? Mag sie nicht leiden, die aufgeblasenen
Narren!"

„Vergrabe Deinen Groll und Grimm, bis die
rechte Stunde da ist. Sei im Gegenteil so höflich
und willig gegen sie, als Du nur kannst!"

„Also ist es wahr, was sie erzählen? Der Woldmar
ist wieder los?"

„Los und ledig der Bande und in gewaltiger
Macht — und in kurzem zu Gaste bei den Lübeckern!"

Jürgen pfiff durch die Zähne. „Da ist's nur
gut, Ohm, daß Du mich fortschicken willst. Ich mag
ihn nicht sehen hier, ich spräng' ihm an den Hals!
Puh, wenn wir sie erst los wären, die Dänenbrut!"

„Denken und schweigen, Jürgen. Die Stunde kommt auch, daß Du dazu hilfst. Je weiser Du schweigen kannst, desto eher. Und nun mache für heute Feierabend. Dein Bäslein Agneta ist betrübt mach' sie ein wenig lustiger!"

„Sie wird droben sein bei — der Gräfin Maria —"

„St! Jürgen, es ist die märkische Base! Niemand darf ahnen, wer sie ist, jetzt noch weniger als vordem. Aber höre, was Du tun kannst! Treibe Dich um auf den Gassen und erlausche, was das Volk redet über die Dänen, und wer für ihn, wer wider ihn ist, das magst Du mir berichten vor Abend. Nach der Vesper bist Du wieder daheim!"

„Gerne, Ohm. Zur Abendmette soll ich mit Agnete in die Petrikirche, sie hat mich drum gebeten. Die Ahne geht des Abends nicht aus, mit der Brigitt mag sie nicht, und allein — —"

„Allein des Abends auszugehn, dürfte es für ein jung' Mägdlein nicht angetan sein in der nächsten Zeit. Die Dänenkrieger werden sich wieder als die Herren fühlen!"

„Es soll ihr nur einer zu nahe kommen, wenn der Jürgen Kahlefeld dabei ist!" rief der junge Gesell' hitzig. „Hier in Lübeck sind wir noch die richtigen Herren, wir Lübischen!"

„Oder wollen's doch wieder werden, Jürgen. Aber sein bedachtsam, und, ich, wiederhol's, höflich und freundschaftlich mit den Zwingherrn — solang es eben not tut. Und nun gehe!"

Und Jürgen sprang davon, sein Späheramt anzutreten.

3.

Fein offen hatte er Augen und Ohren gehalten, der Jürgen, als er durch die Gassen schritt, gemächlich, als ob es nicht Werkeltag wäre und er gar nichts zu schaffen habe bei seinem Meister. Und diejenigen, die hinter ihm her etwas von müßigen Tagedieben schalten, hatten von sich aus wohl Recht. Es waren aber nicht viele, denn die Leute hatten nicht Zeit, auf einen daherschlendernden Lehrbuben zu achten. Sie hatten andres im Sinn.

Wie ein Lauffeuer war sie herumgekommen, die Neuigkeit, daß der Dänenkönig Woldemar, unter dessen Herrenfaust die Stadt Lübeck vordem schon manches Mal hatte seufzen müssen, ehe er wegen seiner Frevel wider die Schweriner Grafen drei Jahre lang von denen in Banden gehalten und so für eine Weile unschädlich gemacht worden war, nun frei geworden und demnächst in Lübeck einkehren würde.

Und wie heute mittag im Rat, so gab es jetzt auf der Gasse viel zu reden und zu streiten. Wo ein Krämer seine Ware feil bot, oder ein Meister Grobschmied, ein Schuster, nach der Sitte jener Zeiten, bei diesem schönen Vorlenzwetter draußen vor der Türe seinem Handwerk oblag, da liefen die Leute zusammen, um das Ereignis zu besprechen. Ein Nachbar erzählte es dem andern, und auch die Weiber blieben nicht dahinten. Einzig um den Burgplan und bei den Toren, wo die Dänenkrieger auf Wache standen, mied man die Ansammlungen. Was Jürgen Kahlefeld erlauschte, um es seinem Ohm und Lehrherrn nachher zu berichten, war für den nicht wesentlich

Neues, es war die Teilung der Volksmeinung in ähnlicher Weise, wie sie sich schon im Rat gezeigt. Da waren die Furchtsamen, die zum Dulden und Stillesein mahnten, und die Hoffnungsvollen, die durch den Dänenbesuch sich Gewinn hofften. Aber die meisten waren doch in den Reihen der Erbitterten, welche nur widerstrebend dem Zwange der Not sich beugten und nichts sehnlicher wünschten, als daß die Stunde der Freiheit bald geschlagen haben möchte.

Zu denen gehörte natürlich auch Jürgen Kahlefeld.

Die Vesperglocke läutete, und er dachte an Heim= kehr. Als er in die Mühlgasse bog, kam vom Mühltor her klirrenden Schritts ein Trupp dänischer Krieger — die Wache, die eben abgelöst worden war. Herrisch kamen sie daher, keck und übermütig schauten sie um sich, und der Vorderste, ihr Hauptmann Olaf Hillege, herrschte ein paar Gassenbuben an, daß sie aus dem Wege gingen. Auch der Jürgen bekam einen groben Zuruf. Und da dem gar nicht einfiel, auszuweichen, stieß ihn der Däne unsanft beiseite.

Am liebsten wäre der Bursch' ihm an die Kehle gesprungen und hätte seine Fäuste gebraucht, vor den andern fürchtete er sich nicht. Aber es fiel ihm ein, wessen der Ohm ihn gemahnt, und er ballte hinter= drein die Faust und murmelte: „Das wirst Du mir noch bezahlen, Olaf Hillege!" — —

Nun war es dämmerig geworden. Jürgen hatte seinem Ohm Bericht erstattet, ein besser Gewand angetan, und schritt nun an der Seite seiner Base Agnete der Sankt Petrikirche zu, sie zur Abendmette zu begleiten. Ihm wäre es ja lieber gewesen, wenn es geheißen hätte, nach dem Dom zu gehen, dem großen herrlichen Bauwerk, das Heinrich der Löwe, weiland Lübecks Beschützer, gegründet. Aber der lag zu abseits, und so führte der tägliche Bittgang nur zu dem kleinen Petrikirchlein in der Altstadt, das gleich einer schützenden Glucke aus der um sie geduckten Schar niedrer Häuser hervorragte.

Schweigsam und ernst, wie es sich für Kirchgänger ziemt, gingen die zwei nebeneinander her und betraten den dämmerigen Vorraum der Kirche. An einem Pfeiler des Eingangs lehnte eine schlanke Jünglingsgestalt. Jetzt machte diese eine rasche Bewegung den Eintretenden entgegen, und eine flüsternde Stimme traf des Mädchens Ohr: „Agnete!" —

Sie zuckte zusammen, sah auf, zögerte, flüsterte zurück: „Niklas? Nicht hier, nicht jetzt — ich kann nimmer — —"

„Ich muß Dich sprechen, gleich, nur auf ein Wort!" — Sie schüttelte das Haupt, machte eine Bewegung nach Jürgen hin und wollte weiter schreiten. Jürgen aber sagte mit leisem Lachen in Flüsterton: „Geh nur zu ihm und hör', was er will. Ich merk' schon auf, daß keiner Dich sieht!"

Da hemmte sie den Schritt, blickte sich ein paarmal scheu um, und weil gerade niemand hinter ihnen kam, schlüpfte sie ins Freie zurück, wohin auch Niklas van Hoeveln schon getreten war. Der faßte sie gleich am Arme und zog sie mit sich in den Schatten der Häuslein, hinter die Kirche, während Jürgen sich vorn an den Pfeiler stellte, um rechtzeitig den Warner

spielen und auch die Base vor allzu langem Ver-
weilen zurückhalten zu können.

„Ach Niklas,“ sagte Agnete ängstlich, als sie, dicht
an ihn gedrängt, in der Dämmerung stand, „wenn
die Ahne es erführe! Faß mich doch nicht so hart
an, so wild — nein, nein, ich bleib' nicht — —“

„Nur eines muß ich Dich fragen. Ob es wahr
ist, daß Dein Vater Dich einem andern geben will,
einem Fürnehmern, einem Rittersmann — —“

„Mich? Einem Ritter? Was für Narrenreden!“

„Doch, leugne nicht! Erst heute zu Mittag, der
Ohm Konrad und Lune haben's gesehn, ist einer bei
Euch eingekehrt!“

„Kehren Ritter genug ein im Haus zur Sonne,
weil Ohm Alexander Schmuckwerk für sie schmiedet.
Und der heute, der kam ja doch auch zu Gräfin
Maria — Base Maria,“ verbesserte sie sich erschrocken.

Er aber hatte das Wort schon aufgefangen:
„Gräfin, wer ist das?“

„St! Niklas, darf ja keiner wissen, daß die Base
aus der Mark die junge Gräfin von Schwerin ist.
Der Vater hehlt sie in unserm Haus, weil sie auf
den Schlössern ihrer Ohme nicht sicher ist vor ihrem
Manne, vor dem sie entwichen ist, und nun hält sie
sich versteckt — —“

Niklas von Hoeveln kannte wie jedermann im
Ostseegau die Geschichte dieser erzwungenen Ehe. In
seinen Augen blitzte es auf: „Die Soltwedels hehlen
die Schwerinerin vor den Dänen? Hei, so wäre der
Beding doch ernst gemeint, den mir die Vettern
brachten! Die Soltwedels wieder Dänemark?!“ Ein

Jauchzen klang durch seine Stimme. „Und doch hat im Rat Dein Oheim Alexander dafür gestimmt, sie sollen den Dänenkönig festlich empfangen, wenn er kommt, das Maienfest in Lübeck zu begehn?!"

Sie neigte ihren Mund ganz dicht zu seinem Ohr: „Weißt Du, was ich heute die Gräfin Maria zur Ahne sagen hörte? — Die Lübecker sollten dem Dänenkönig ein zweites Maienfest bereiten, wie das Heinrich von Schwerin zu Lyve tat — —"

Wieder blitzte sein Auge auf: „Hei, wär's so gemeint? Dann, Agnete, dann!" Und er wollte sie an sich ziehen. Sie aber riß sich hastig los und sprang um die Ecke, der Kirchenpforte zu. Denn sie hatte gar wohl den leisen Pfiff gehört, der von da her kam, Jürgens Mahnruf.

Auch Nikolaus van Hoeveln war aus dem Versteck getreten und sah Agnetens Kleid gerade hinter der Kirchentür verschwinden. Da stellte sich ihm Jürgen in den Weg.

„Aha, willst wohl Deinen Dank für freundlichen Schutz, Jürgen?" lachte Nikolas. „Den will ich hiermit gegeben haben. Wußte gar nicht, daß Du wider Deine Ahne und für uns stündest?"

„Wüßt' nicht, wieso es wider die Ahne wäre, wenn alle, die zu Lübeck halten, zusammenstehn, Vetter Nikolas!" antwortete sehr ruhig der Bursche.

„Hältst's also für so sicher, daß ich bald Dein Vetter werde? Das günstige Zeichen nehme ich an. Meine Hand drauf, junger Vetter Jürgen! Wenn Du zu uns stehst, ich steh' gewiß zu — —"

„Zu Lübeck!" raunte Jürgen zurück. „Rede leise!
Die Stunde ist bald reif, sagt Oheim Alexander.
Können wir auf Dich und Deine Freunde zählen?"

„Meinst — wegen dem Maienfest?"

„Das versteh' ich nicht, wie Du das denkst — —"

„Hat mir's Agnete eben nicht gesagt? Aber komm
— für einen Augenblick —" Und nun zog er den
Jürgen dahin, wo vor ein paar Minuten die Agnete
neben ihm gestanden. Ein haftiges Raunen hin und
her, und mit über und über lachendem Gesicht kam
Jürgen aus dem verborgenen Winkel wieder heraus
„Wir reden's morgen ab. Wann soll ich da sein?"

„Morgen geht's nicht. Aber weißt Du — wenn
die Ratsmannen zu Euch kommen nach dem Abendläuten — hat Dir Dein Oheim schon gesagt?"

„Ich werd' aufpassen müssen am Haustor, daß
kein Ungebetener dazukommt —"

„Aber Du wirst doch ein paar Ungebetene einlassen? Die mit raten wollen — und mittun! Willst?"

„Ich steh' zu Euch, hab's gesagt. Da kommt die
Base —" Und fort war er, mit raschem Schritt an
Agnetes Seite eilend, als sie, unruhig nach ihrem
Begleiter ausschauend, aus dem Gotteshause schritt:
„Wo warst so lange, Jürgen? Warum hast du nicht
gebetet?"

„Beten laß ich den Weibern. Hab' Beßres getan,
was sich mehr für Männer schickt!"

„Ach Du Bub'", sagte sie ein wenig spöttisch.
Da drohte er: „Soll ich's der Ahne verraten, mit
wem Du Zwiesprach gehalten hast beim Gotteshaus?"

„Magst! Verrätst Dich halt dann ja selber!"

„Alles aus Gutheit und weil ich Dein Glück will, Bäslein. Dafür mußt mir auch versprechen, daß ich Dein Brautführer werd', wenn Du Hochzeit hältst!"

„Ist noch lange nicht so weit," seufzte sie.

„Wird aber doch werden, wenn wir alle zusammen das unsere dazu tun — Du und ich und Dein Nikolas. Und Dein Vater und die Ohme dazu und ganz Lübeck!"

„Und so viele, Ihr alle, bloß um mich?„

„Um Lübeck und um Dich, das ist hier all eins, Bäslein," lachte er, ihr herzhaft die Hand drückend. „Bloß, damit die Ahne ihren Willen halt wieder mal durchsetzt!"

*   *   *

„Ist das Haus versperrt und jeder Lauscher fern?"

„Ich geb' acht, Ohm Alexander, niemand laß ich ein, als wer dazu gehört," versicherte Jürgen Kahlefeld.

Alexander von Soltwedel trat zurück in das Prunk-gemach des Hauses zur Sonne, in den Kreis der hier versammelten Männer, die sich, seiner Ladung gemäß, um den Abend des nächsten Tages eingefunden hatten. Wirtlich hatte sie Herr Johann als der Gebieter des Hauses aufgenommen, und der Humpen hatte wacker die Runde gemacht. Jetzt aber war der Durst gestillt, und auch wohl kein Gast weiter zu erwarten.

Von den Geschlechterherren fehlten allerdings viele; außer Ploene und dem Bürgermeister auch die zwei älteren van Hoevelns. Die hielt der Groll über die abweisende Antwort auf die Werbung für den Erben des Geschlechtes ferne. Doch Gottschalk Lune war gekommen, trotz seines Mißtrauens wider Alexander.

Aller Augen waren jetzt auf Alexander geheftet, der aufgerichtet vor dem Tische stand. Er hob an: „Ehe ich vor Euch eröffne, werte Ratsgenossen, wozu ich Euch hierherlud, heische ich eines jeden Wort und Handschlag, daß er Schweigen bewahre überall und gegen jedermann!"

Sie taten, wie er verlangte, und er fuhr fort: „Ihr werft mir vor, daß ich nicht Wort gehalten, wenn ich vormals sprach, ich wolle sorgen, daß die dänische Last von unserer Stadt genommen werde, und daß solches nicht längst geschehen ist. Ich wiederhole es noch einmal: Gegen Lübecks Ehre wäre es gewesen, das zu tun, was Ihr gemeint, als Woldemar in Ketten lag. Und unnütz wäre es gewesen außerdem. Wußte ich's doch längst aus den Verhandlungen, die ich in all den Jahren gepflogen mit Schwerin, daß man dort als Preis für des Dänen Lösung nicht nur flandrisch Tuch und köstlich Rauchwerk fordern würde, und Gold und Silber und die Kleinodien der Dänenkönigin — vielmehr die Freiheit allen deutschen Landes von der Dänenherrschaft, der Kaiser Friedrich es einst überlassen. Woldemar beschwor mit schweren Eiden jeglichen Beding, der ihm für seine Freilassung gestellt ward, kaufte durch solchen Schwur sich von den Banden los. Und so sind wir, nach aller Form des Rechts, schon heute frei. Kein Recht noch, außer dem der Gewalt, besitzt König Woldemar auf unsere Stadt, auf das, was deutsch ist. Aber daß er dies Recht der Gewalt gebrauchen wird und schon zu gebrauchen anfing — wir sehen es. Eidbrecherisch griff er sogleich

zum Schwert. Die Dithmarschen schlug er. Rends=
burg und Jtzehoe, die ihm den Einzug weiger-
ten, nahm er ein. Neue Bündniſſe ſchloß er mit
Fürſten und Rittern. Seine Macht iſt ſtark, groß
ſein Heer, und Klugheit fordert darum, ihn nicht von
Lübecks Toren abzuweiſen, wenn er als Gaſt kommt.
Wohlgemerkt, als Gaſt — nicht als der Herr! Wenn
er's auch glaubt, zu ſein. Glaubt er das, ſo betrügt
er ſich ſelber, nicht wir ihn. Daß es klug von uns
war, nicht ſo getan zu haben, wie nach aller Meinung
leicht zu tun geweſen, ſolange Wolbemar in Ohn=
macht war — Jhr werdet's nun begreifen. Wir
wären ſonſt die Erſten jetzt, die Rache Wolbemars
zu fühlen. Denn ganz allein ihm zu widerſprechen
und zu widerſtehen, iſt Lübeck nimmer ſtark genug.

Und nun wiſſet, daß ich insgeheim ſeit Jahren
ſorgte, uns Bundesgenoſſen zu werben für die Zeit,
die kommt, die nahe iſt — da wir um Lübecks
Freiheit kämpfen müſſen. Jch ſagt' es ſchon, mit
Schwerin ſteh' ich in Unterhandlung, auch mit dem
Herzog Alf von Holſtein=Schauenburg, und habe das
Wort der Herren. Hier mögt Jhr ſelbſt die Pergamente prüfen. Meine Boten zum Erzbiſchof von
Bremen ſind unterwegs, und auch nach Pommern
ſandte ich. Stündlich erwarte ich die Antwort, und
nicht anders als zuſagend kann ſie ſein. Daß auch
Lübeck ſelber kampfgerüſtet ſein müßte, ſah ich vor=
aus. Und ich häufte insgeheim ein ſtattlich Lager
von Waffen an ſicherm Ort, und immer war es
meine Sorge, daß ſtets Vorrat an Brotgetreide in den
Speichern ſei. Wenn dann die Herzen der lübiſchen

Männer Muts genug in sich fühlen, und ihre Fäuste
Kraft, so brauchen wir den Kampf, kommt es dazu,
nicht fürchten."

Die Gesichter der Hörer hatten sich erhellt, die
Augen glühten. Gottschalk Lune reichte Alexander
die Hand: „Ich tat Euch Unrecht, Ihr seid der
Weisere, und ich beuge mich Euch. Wenn die Stunde
kommt, so stellt mich, wohin Ihr wollt, ich werde
Euch gehorchen!"

Mitten hinein in die stumme Erregung, das
Stammeln des Danks, den Ausbruck des Vertrauens,
das ihm nun alle zeigen wollten, klang ein rasches,
starkes Pochen.

Alexander horchte auf, und die andern wurden
stumm.

„Wer mag das sein, daß der Jürgen ihn herein=
ließ? Meine Boten können kaum zurück sein —"

Der Hausherr selber tat die Türe auf. Da stan=
den vor ihm auf der dunklen Diele drei junge Ge=
sellen, und ohne lange zu fragen, traten sie mit
kurzem Gruß über die Schwelle. „Laßt uns ein,
Herr Johann von Soltwedel!" rief eine kecke Stimme.
„Jung=Lübeck will dabei sein, wenn's um Lübecks
Zukunft geht!"

Auch Alexander, ihnen entgegentretend, erkannte
mit Befremden die Eindringlinge. „Nikolaus van
Höveln — Günzel Brömser, Gerd Fredenshagen —
wie kommt Ihr hierher? Wie durfte Jürgen Euch
hereinlassen?" „Jung=Lübeck hält zusammen. Was
wir hier zu suchen haben? Ei, kamen die Alten
zum Raten, so kommen die Jungen zum Taten!

3*

Laßt uns nur ein, Gestrenger! Wir bringen etwas, und es wird Euch nicht gereuen, wenn Ihr's annehmt!"

„Auch ungebetner Gast mag willkommen sein, wenn er etwas bringt, was nütze", sprach Alexander nach kurzem Ueberlegen. „Tretet herzu!"

Die Drei standen vor der Versammlung und Lune fragte staunend: „Du, Vetter Niklas, hier im Haus zur Sonne? Das muß mich wundern!"

„Meinst Vetter, wegen des Bescheids, der mir aus diesem Hause ward? Sollte ich darum die Schwelle meiden? Just deswegen bin ich hier, das Meine zur Erfüllung des Bedings zu tun."

Johannes von Soltwedel runzelte die Brauen: „Also nicht um die Zukunft Lübecks kommt Ihr, Junker, wie Ihr doch sagtet? Eigennutz macht Euch so eifrig?"

Nikolaus lachte: „Was wollt Ihr? Sucht der eine nebenher Gold oder Ehre zu gewinnen, der andere Ruhm und Ansehen — warum ich nicht ein Bräutchen? Ihr selber habt mir ja den Preis gesetzt, den will ich nun verdienen. Je eher Lübeck frei wird, je eher darf ich freien!"

Durchdringend ruhte Alexanders Auge auf ihm: „Ihr führt seltsame Reden, Junker. Sagt, wie Ihr das meinet."

„Macht nicht so finstere Gesichter, Ihr Herren! Wir drei sind keine Verräter. Wir wissen wohl, daß Ihr beisammen seid, zu reden über das Wie, Lübeck frei zu machen."

„Wenn es so wäre, und Ihr drei Jungen wüßtet drum, so wüßten's drei zuviel!"

„Es werden noch viel mehr drum wissen müssen, damit es gelingt. Wir Jungen zumal. Denn uns braucht Ihr, wir führen's aus. Was? Nun den Vorschlag, den zu machen wir gekommen sind. Wir haben's unter uns beredet. Und wenn Ihr einverstanden seid, wird morgen schon ganz Jung-Lübeck sich vorbereiten, heimlich, auf den lustigen Handstreich —"

„Ein Handstreich? Junger Mann, was wollt Ihr?"

„Was Ihr! Dem Dänenkönig ein Maienfest bereiten, wie weiland der Schweriner, sobald er erst in Lübecks Mauern ist!" —

„Hei", schrie der von der Wische, ehe noch Alexander, dessen Stirne sich schwer umwölkt, die Antwort geben konnte. „Da ist was dran! Vergeßt mir dabei nur die Knochenhauer nicht, die machen mit!"

Allein Alexander rief zornig: „Schweige! Ich verbiete Euch und Euren Genossen, Junker van Hoeveln, im Namen des Rats, solch frevlerische Gedanken wider der Stadt Ehre zu hegen und auszusprechen, gar erst zu verbreiten! Ein Anschlag gegen Freiheit und Ehre eines Mannes, der Gast in unsern Mauern sein wird? Das darf nicht geschehen! Soll Fehde sein zwischen Lübeck und dem Dänen, so soll sie offen und ehrlich sein, nur das ist Lübecks würdig! Dann mögt Ihr Witz und Kraft gebrauchen. Spart bis dahin Euren Vorwitz."

Des Junkers Augen blitzten zornig: „Euren Dank dachten wir zu verdienen, und Ihr behandelt uns, als ob wir Buben wären. Und unser Rat ist dennoch gut — ein rascher Streich führt rasch zum Ziel!"

„Und oftmals rascher noch zum Unheil!" schloß ihm Alexander kurz die Rede. „Wir empfangen Woldemar als Gast, das ist beschlossen. Als Gast genießt er Frieden. Wie er sich zeigen wird, ob er beschwornen Frieden zu halten oder zu brechen denkt — das können wir erst sehen, wenn er hier ist. Und wenn er sich treulos zeigt, so soll er erfahren, daß Lübeck sich nicht länger der Dänenherrschaft beugt. Niemand aber, ich wiederhol' es, Junker, niemand darf unbesonnen vorher auf eigene Hand zu unternehmen wagen, was nicht im Rat geprüft und beschlossen wurde. Was gut sich zeigen mag an Eurem Plan — ob er nun Euer eigen war, ob Euch nur eingeredet, das werden wir erwägen und Euch rufen — wenn es Zeit ist." —

„Also fortgeschickt, wie unnütze Buben!" murrten die Junker zornig. Da mischte Herr Johannes sich lächelnd, vermittelnd ein: „Nein, da Ihr uun einmal da seid, bleibt nur und sitzt nieder. Keiner soll die Soltwedels ungastlich schelten dürfen. Tut uns beim Trunk Bescheid. Der Rat war ohnehin zu Ende!"

So kamen Nikolaus und seine Gesellen in den Kreis der ehrsamen Ratmannen von Lübeck und an den Tisch des Hauses zur Sonne. Das Jüngferlein Agnete freilich, das schon droben im Kämmerlein in Schlafes Armen lag, gesund und traumlos, trotz aller Herzensnot, das ahnte nichts davon. Noch weniger, daß ein Wörtlein, mit raschem Ohr erhascht, halb unverstanden, und mit noch rascherer, unbedachter

Zunge weitergetragen, zum Fünklein werden könnte, das der Wind in eine strohgefüllte Scheune trug.

Und daß es ihr Zünglein war, das jenes Wort verbreitet, davon ahnte weder Vetter noch Oheim etwas. Der schob die Schuld auf einen ganz andern, auf den Jürgen, den er drum hart anfuhr, draußen auf der Diele, noch während drin im Gemach die Männer und Junggesellen tranken.

„Wer hat es Dir erlaubt, Gesell, die drei Junker einzulassen? Seit wann gehören die denn auch zum Rat? Und steckst Du etwa mit denen unter einer Decke, sprich?"

Der Jürgen war rot und ganz erschrocken: „Ist's denn nicht Euer eigner Wille so, Oheim Alexander?" fragte er erst zögernd, dann dreister werdend und dem älteren keck in die Augen schauend. „Wenn ich dem künftigen Vetter helfe, so ist das doch kein Unrecht. Und wenn ich auch was tun will für Lübecks Freiheit — ich meine, das erst recht keins."

„Und der Gedanke mit dem Handstreich beim Maienfest, gesteh'; der kam dem Hoeveln nicht von selber?"

„Nein, der kam von der Ahne — und der Schweriner Gräfin."

„Dacht' ich's doch! Gesell, wer schwatzt aus, was in diesen Wänden bleiben muß? Ich hab' zu meinem, zu unser aller Unheil, seh' ich, Dir zu viel vertraut. Wer Heimlichkeiten nicht bewahren kann, darf keinen Teil haben an Tat und Ehre, merk' Dir das. Mir aber soll es eine Lehre sein. Und nun, troll' Dich,

Du kindischer, geschwätziger Knabe, kriech in Dein Bett und schlaf Dich aus."

Und der Scheltende wandte ihm den Rücken und hörte gar nicht mehr auf Jürgens Einwand: „Aber das hab' doch nicht ich verschwatzt — — —."

Grollend und gekränkt schlich sich der Lehrbub in sein Kämmerlein.

4.

Welch ein Gedränge in den Gassen und um den Burgplan und am Tore, an diesem vorletzten April-tag des Jahres 1225! Ein Festtag für groß und klein in Lübeck. Der erste festliche Tag gewiß in einer ganzen Reihe solcher, die noch folgen würden. Einen König, der Einzug hält als Gast in der Stadt, und wenn's auch gleich ein Landesfremder war, das gibt's nicht alleweile. Das verspricht viel Augen-weide für die Schaulustigen, so Männer, Weiber und Kinder! Und dann würde noch das Maienfest folgen, das ja immer besondere Kurzweil brachte, Mummen-schanz, Tanz und Spiel — eia, eia, welch festliche, fröhliche Zeit!

„Schnell, schnell, der Türmer hat's verkündet, sie sind schon an der Landwehr! Und seht dort! Die Mannen aus der Burg, die ihm entgegen reiten! Da kommen sie! Voran der Vogt, der Ritter Günther! O, wie stolz, wie stattlich!"

So rief es durcheinander in der Menge. Die stand und gaffte auf die Schar der Burgmannen, die zum Tore zog, dem Könige entgegen, um ihm beim Einzug das Geleit zu geben. Wie blinkte Harnisch

und Wehr, wie bauschte das vorangetragene Dänen=
banner im Frühlingswinde! Auch das droben auf
den Zinnen der Burg. Stolz leuchtete sein Rot und
Weiß im Blau des Himmels. Und stolz und herrsch=
bewußt leuchteten auch die Gesichter der Kriegsleute,
die verächtlich über die Menge hinblickten. Hie und
da flog wohl gar ein spöttisch=überlegenes Lachen,
ein Hohnruf aus ihren Reihen zu den Lübischen,
wo einer unter denen ein finsteres Gesicht zu machen
wagte beim Anblick der kriegerischen Schar.

„Wie sie sich fühlen, die dänischen Knechte!"
grollte Günzel Brömser, der von ungefähr mit Niko=
las van Hoeveln die Gasse herab gekommen war
und den der Strom der Menge nun mit fort riß.
„Merktest Du, wie er lachte, der Olaf Hillige, und
auf uns beide hinwies?"

„Dem haben noch andre als wir ein Arges zu=
geschworen", sagte Nikolaus. „Aber jetzt laß ihn
nur lachen. Ich meine, es gibt ein Sprüchlein, das
besagt: Wer zuletzt lacht, der lacht am besten! Ich
hoff', das werden wir sein. Freilich, sie treiben's arg
all die Tage mit ihrem Übermut. Meinen, sie sind
nun wieder die Herren. Waren so fein demütig die
ganze Zeit, wie geschlagne Hunde. Aber ich hoffe,
der Übermut soll nicht allzulang währen."

„Komm, laß uns weiter gehen, Nikolaus. Mag
nicht den Gaffer machen, wenn der Woldemar ein=
zieht."

„Ei, gerade! Müssen ihn doch kennen lernen!
Und das Schauspiel will ich nicht entbehren, wie der
hohe Rat ihm in Demut den Willkommen beut. Ich

muß jehen, wie er sich dabei anstellt, der Alexander, damit ich lernen kann von ihm, für die Zeit, daß ich einmal Ratsherr sein werde!"

Langsam, gedrängt vom Haufen, kamen sie bis nahe vor das Tor und standen an der Wand eines Hauses, das Kommende erwartend. Und da rief es schon wieder: „Sie kommen! sie kommen!" Und alle Köpfe drehten sich nach rückwärts.

Da kam auch wer. Das war der Bürgermeister in feierlicher Amtstracht, die breite Goldkette um den Nacken, und ihm zur Seite gingen Herr Heinrich Ploene und Alexander von Soltwedel. Dahinter ging aber Jürgen Kahlefeld, der mußte den großen zinnernen Pokal tragen und einen Zinnteller mit Salz und Brot. Man hätte wohl meinen müssen, der junge Gesell hätte sehr glücklich und stolz sein müssen wegen der Ehre, daß sein Oheim ihm dieses Amt übertragen; dabei schaute er fast mürrisch drein trotz des feinen Tuchwamses, das er angelegt hatte. Seine Augen gingen fortwährend nach rechts und links, und da er Nikolaus unter der Menge sah, machte er eine Kopfbewegung nach ihm hin, als wolle er ihm ein Zeichen geben, und schnitt dabei eine Grimasse, daß jener seinen Freund lachend anstieß und ihm zuraunte; „Der Bub wäre lieber hier bei uns, statt daß er dem Dänenkönig noch untertänige Dienste leisten muß. Dabei würde mancher heute wer weiß was um die Ehre geben, an seiner Statt zu sein!"

„Hat recht, der Jürgen, ist ein wackerer Jnnge", erwiderte Günzel Brömser. „Ich möcht auch nicht

zu solchem Dienst am Feind gezwungen sein!" Das setzte
er aber nur in Gedanken hinzu.

Hinter den Vieren folgte im Zuge die Schar der
übrigen Ratmannen, voran die aus den Geschlechtern,
danach die Zünftigen. Es war ein feierlicher, an-
sehnlicher Zug, wiewohl gar nicht prunkvoll und
nicht so, wie mancher unter der Menge erwartet, und
wie auch im Rate vorgeschlagen war: Die Zünfte
und Gewerke mit den Fahnen und Ehrenzeichen,
und die Knochenhauer nach altem Vorrecht zu Roß.
Das wäre etwas gewesen, dem Dänen der Stadt
Reichtum und der Menge eine stolze Schau zu zeigen.
Denn Lübeck gehörte schon zu den ansehnlicheren
Städten des deutschen Nordens, wenn es auch noch
nicht das stolze Lübeck der Hansa war mit seinen
prächtigen Kirchen und den hochgegiebelten Stein-
häusern. Noch waren seine Häuser meist aus Holz,
mit Malerei und Schnitzwerk verziert, und außer
dem Dom stand nur erst die Petrikirche. Aber seine
Bürger waren wohlgestellt und hätten sich ein wenig
Prunk wohl leisten können. Allein Alexander hatte
gesagt: „Wir empfangen ja nicht unsern Herrn und
König, sondern nur einen ritterlichen Gast!"

Jetzt war es soweit, daß der empfangen werden
sollte. Der Türmer blies zum Zeichen, daß er nahe.
Das Tor wurde geöffnet. Die Menge drängte vor
und die Stockknechte hatten Mühe, die Gasse frei
zu halten. Ein Rufen und Geschrei erhob sich, und
dann war auf einmal eine Stille. Nur die Glocke
vom Dom hub an zu läuten, und in der dunklen

Wölbung des Tors erdröhnte Hufschlag und Waffen=
klirren. König Woldemar ritt ein.

Alexander von Soltwedel sah es gleich, als scharf
sein Auge die ragende Gestalt in goldglänzender
Rüstung, das kriegerischer Antlitz des Dänenkönigs
überflog: Das war derselbe Woldemar voll Macht=
gier und Herrscherwillens, ungebeugt von all der
lange erlittenen Schmach; ja, trotziger, wilder noch
als je und mit heißer Rachbegier im Herzen wider
alles, was sich ihm feindgesonnen zeigte. Als Frie=
denssucher kam der Woldemar nicht nach Lübeck.
Kalt und stolz ging sein Auge über die Ratmannen
hin, die ihm nun entgegentraten, sobald das Roß
ihn aus dem Schatten des Torbogens ins Freie ge=
tragen und seine nächsten Begleiter auch Raum ge=
funden, neben ihm die Tiere anzuhalten.

Der Eindruck des gewaltigen, vielgefürchteten
Mannes, seiner hochfahrenden und herrischen Blicke
war für die schaulustige Menge ein so starker, daß
nur vereinzelt und abgebrochen ein Heilruf sich her=
vorwagte und gar bald erstarb. Auch Jürgen Kahle=
feld, der ihn zum ersten Male mit Augen sah, fühlte,
wie sein Trotz einer scheuen Furchtsamkeit weichen
wollte. Es rieselte ihm ordentlich kalt durch die
Glieder, als er die finstern Augen des Dänenkönigs
noch finsterer werden sah, als der Volksjubel auf
sich warten ließ. Und er hätte fast den Wein aus
dem Pokal verschüttet, als nach der kurzen, wohl=
gesetzten Begrüßungsrede des Bürgermeisters Alexander
von Soltwedel, des Rats gekürter Sprecher, sich
wandte, Salz und Brot danach den Becher aus

Jürgens Hände nahm und im Namen der Stadt
den hohen Gast in geziemender Ehrfurcht bat, den
Willkommen entgegenzunehmen.

Schweigend, mit noch immer verdüstertem Gesicht,
nahm Woldemar das Gebotene entgegen und leerte
den Pokal. Dann sprach er, ihn zurückgebend:
„Dank Euch, Ihr Herren von Lübeck! Es ist mir
lieb, daß ich nicht auch hier, wie ich gefürchtet, es
nötig habe, mir mit dem Schwert das Tor zu öffnen,
wie in Rendsburg und Itzehoe, sondern, daß Ihr Euch
gutwillig und geneigt zeigt. So will auch ich Euch
wiederum geneigt sein!“

Nun kam doch ein Rufen: „Heil König Woldemar!“ Der Ploene hatte es angestimmt, aber am
lautesten fielen des Königs eigene Begleiter ein und
die Burgmannen, die den reisigen Zug beschlossen
und langsam nachgedrängt, bis alle durch das Tor
waren. Indessen trat Alexander nochmals vor und
lud im Namen des Rats den erlauchten Herrn zu
einem festlichen Mahl auf das Rathaus für die
zwölfte Stunde. Da blickte Woldemar ein wenig
gnädiger und verhieß zu kommen. Er wiederum lud
den Rat von Lübeck zum Abendtrunk auf die Burg.

Der Sprecher dankte, und ehrerbietig traten alle
darauf zurück, dem Könige und seinen Leuten Raum
zu geben, und der Rat gab ihm Geleite bis zum
Burgtor. Die Glocken hatten zu läuten aufgehört,
und gemach verhallte Rossehufschlag und Waffen-
klirren.

Das Stadttor ward geschlossen, und ein Teil der
Menge verlief sich. Nur die Ungenügsamsten harrten

aus. Sie wollten um die zwölfte Stunde noch die
Dänen nach dem Rathaus ziehen sehen. Darinnen
war ein gar geschäftig Hin und Her, die letzte Hand
an die festliche Tafel zu legen. Gesotten und ge=
braten, gekeltert und gebacken hatte man schon Tage
vorher. Denn auch hierbei galt es, Ehre einzulegen
vor den Fremden und sich selber.

* *

Handel und Werkeltagsgeschäfte ruhten heut in
Lübeck. Obwohl ja eigentlich die Hausmütter noch
arg zu schaffen hatten mit dem Fladenbacken für das
nahe Maienfest. Aber dazu war nicht recht Ruhe,
es war gar so viel zu schwätzen über den Einzug,
und wie der Dänenkönig ausgeschaut, und was er
gesagt, da blieb die Arbeit liegen. Wer klug ge=
wesen, hatte sie schon gestern getan, den andern blieb
die Nacht und der nächste Morgen.

Auch Jürgen Kahlefeld hatte nicht Ruhe in der
Werkstatt. Obwohl da seit langem genug zu schmie=
den, zu feilen und zu löten war. Die bestellten
Zierate waren freilich fertig. Aber der Oheim war,
wenn keinerlei Bestellung vorlag, mit einer wunder=
lichen Arbeit beschäftigt. Kleine eiserne Ringe, aus
starkem Draht gebogen, eine ungezählte Menge, alle
gleich groß und glatt und schlicht, fertigte er mit dem
Jürgen und fügte sie zu Ketten aneinander. Erst
hatte der Jürgen nicht begriffen, was draus werden
solle. Als dann aber die Ketten wieder verbunden
wurden zu einem eisernen Gewebe, da ahnte er, daß
er, obschon ein Feinschmiedelehrling, dem Waffen=
schmied ins Handwerk pfuschte. „Sag', Oheim, wird

es gar ein Kettenhemb?" hatte er da staunend, halb-
zweifelsvoll gefragt. „Weß' soll das werden?"

„Für Dich selber, Jürgen, und für mich", war
ernst die Antwort erklungen. „Es wird die Stunde
kommen, da es gut sein mag, wenn es bereit liegt."

Jürgen Kahlefeld wußte, auf welchen Kampf der
Ohm so lange Zeit schon sich heimlich vorbereitete,
und seine Knabenseele auch mit Feuer füllen wollte.
Die Ahne sprach, wenn sie allein mit ihm war, auch
nichts anderes als von dem Tag, den sie noch mit
Augen schauen wollte vor dem Tode. Und die
Gräfin Maria hatte zuweilen beim Mittagsmahl vor
ihrem Wirt und seinen Anverwandten, auch im Beisein
der Jungen, ein Wörtlein fallen lassen, das ihren
heißen Wunsch, den Feind für immer gedemütigt zu
sehen, den Feind, der auch als Lübecks Feind galt,
deutlich genug erraten ließ.

Nun hatte Jürgen Kahlefeld den Feind zum ersten
Mal mit Augen geschaut. Und nun erst begriff er
alles. — Den Haß und die Empörung, die Freiheits-
sehnsucht bei den einen, die Bewunderung und Scheu
und Furcht der andern. Nicht, daß der in ihm auf-
gezogene, rastlos genährte Haß wider den Feind der
Freiheit erloschen wäre — aber es mischte sich in ihm
doch Scheu und Ehrfurcht; er fühlte, König Woldemar
war wie einer der Helden und Nordlandrecken, von
denen die fahrenden Sänger, die bei Kirchweih- oder
Maienfesten sich auf den Gassen hören ließen, so
viele tapfere Taten zu erzählen wußten. Ohm Alexander
hatte Recht gehabt, den Nikolaus und seine Freunde
auszuschmälen, weil sie solch einem Helden Schmach

antun gewollt. Nein, einen solchen Recken hinterrücks zu überfallen, das war üble Tat und brachte keinen Ruhm. Um so herrlicher mußte der Ruhm sein, ihn in offner Fehde zu bestreiten, über ihn zu siegen.

Dies Siegen aber wollte ihm heute schier unmöglich scheinen, seit er ihn gesehen. Ob sie sich das nicht alle auch sagten, die Herrn vom Rat? auch Oheim Alexander? —

Bedrückten Gemüts, in Sinnen versenkt, saß er allein in der Werkstatt, wohin er sich zurückgezogen nach dem Mittagsmahl, das heute in kleinem Kreise, ohne die Männer des Hauses, die beim festlichen Essen waren, eingenommen worden. Bäslein Agnete war wohl im Frauengemach bei der Ahne oder bei der Gräfin. Die eine lehrte sie das Weben, die andere zierliche Stickerei mit bunten Fäden. Mit dem Peter Sölle, dem Knecht, oder Hans Steenhag, dem Handels= diener des Hausherrn, hatte er sonst wohl immer eine Weile seiner Arbeitspause verschwatzt, aber heute wollte er von Geschwätz nichts wissen, und selbst das Gassenumtreiben machte ihm Verdruß. Sein Herz war ihm zu unruhvoll.

Es war still um ihn. Nur die Schwalben, die vor wenig Tagen wieder eingekehrt aus dem Süden, schossen kreischend durch die Luft, und fern rauschte das Wasser des Mühlgrabens. In der Küche von der andern Seite der Diele klapperten die Mägde mit dem Geschirr, und zuweilen kam ein brummender Ton aus den Ställen hinter dem Hause.

Plötzlich aber kamen leichte Schritte durch die Diele und es rauschte wie Frauengewänder. Und

dann knarrte die Türe der Werkstatt. Jürgen fuhr
aus seinem Sinnen auf und wandte sich: „Ahne,
sucht Ihr mich?"

Aber es war nicht Frau Ursula, die auf der
Schwelle stand, sondern Gräfin Maria.

Überrascht, erschrocken sprang er auf: „Edle Frau —"

Die Gräfin trat ein und drückte die Pforte hinter
sich zu. „Stille, mein Knabe," sagte sie lächelnd.
„Ihr braucht nicht zu erschrecken. Bleibt nur sitzen,
ich setze mich zu Euch, denn ich will Euch etwas
fragen."

Sie ließ sich dabei auf dem Schemel nieder, der
gewöhnlich Alexanders Arbeitssitz war. Er stand in
ehrfurchtsvoller Haltung, verwirrt und erstaunt und
fand keine Erwiderung, so überraschend war ihm dies
alles. Sie wurde ungeduldig.

„Ei, ei, mein junger Freund, vor der Base Maria
braucht Ihr doch nicht solche Scheu zu hegen, zumal
wir schon so viele Monate an einem Tische und unter
einem Dach zusammen sind. Nur näher, und seht
mich keck an wie sonst. Und dann gebt mir Bescheid,
ich bitte drum."

„Ihr habt nur zu gebieten, edle Frau. Was
kann ich dummer Bube Euch sagen sollen?"

„Ihr waret, ich weiß es, mit beim Empfange!
Habt König Woldemar gesehen?"

„Ja, edle Frau, ich sah ihn. Das ist ein Starker
und Gewaltiger!" Jürgens Augen leuchteten.

„O, o, laßt's nur nicht Frau Ursula merken, daß
der Feind Eurer Stadt, wie's scheint, durch sein bloßes

Ansehen Euch für sich gewonnen und Lübecks Sache
untreu gemacht?"

„Nein, nein, so ist es nicht," verteidigte er sich.
„Doch sah ich niemals solch einen Mann — das ist
wahrlich, wie ich mir immer einen König dachte!
Und es wird hart halten, ihm zu widerstehen!"

„Glaubt Ihr? Nach dem bloßen ersten Eindruck?
Und Woldemar dünkt Euch schon da der erste aller
Recken? Ich sag's Euch, Knabe, es gibt noch andre
Männer, Recken und Helden, die dabei treu und
wahrhaft sind, nicht falsch und eidbrüchig wie Woldemar! Vielleicht seht Ihr einmal den Herzog Alf von
Holstein-Schauenburg — der mag Euch Vorbild sein
— und nicht dieser hinterlistige Däne! — Aber nicht
nach ihm wollte ich Euch fragen. Sahet Ihr ihn,
so doch auch wohl die, welche bei ihm waren. War
unter denen nicht einer — rothaarig, wild, mit nar-
bigem Antlitz — von breiter, riesiger Gestalt? Ritt
er an seiner Seite? Ich muß es wissen, ob er bei
ihm ist, ob nicht — ob ich in diesen Tagen Gefangene
bin im Haus zur Sonne, oder wie ehedem frei umher
gehen darf?"

„Herrin, verzeiht — das kann ich Euch nicht
sagen — die bei dem König waren — es waren
viele — die hab' ich gar nicht angesehen. Doch kann
ich Nikolaus van Hoeveln fragen, der war unter der
Menge — — "

„Das lasset, Jürgen Kahlefeld! Kann ich nicht
gleich bei Euch erfahren, was mich zu wissen drängt,
so muß ich mich gedulden, bis Eure Ohme wieder-
kehren. Ich dank' Euch und stör' Euch länger nicht!"

Sie stand auf und schritt zur Türe, sein Stammeln um Entschuldigung nicht weiter beachtend, und murmelte vor sich hin, indem ein bitteres Lächeln um ihre Lippen zuckte: „O Woldemar! Wahrlich, gefährlich bist du, wenn du so rasch die Herzen derer fängst, die dich bekriegen sollen!"

* * *

4.

Der Dänenkönig fuhr aus tiefem Sinnen auf und reckte die gewaltigen Glieder. Er wandte sein Antlitz herum, dem Eintretenden zu: „Ei, Du, Klas Halland, mein Söhnchen? Schaust ja gar so grimmig drein! Macht Dir der Wein von heute mittag immer noch das Haupt schwer? Nur lustig, mein Gesell, und guten Mutes! Es geht wieder vorwärts! Die Heiligen sind Woldemar von Dänemark auch heute noch so gut gesinnt, wie damals vor 16 Jahren in der Esthenschlacht, als mir durch ihre Hilfe der Danebrog siegspendend aus den Wolken fiel!" Er lachte.

Klas Halland sah ihn ein wenig spottend an: „Glaubt Woldemar die Märe, daß in der Not damals, wie das Volk und auch die Kämpfer wähnten, das Banner just vom Himmel heruntergefallen sei?"

„Ob ich es just glaube und je geglaubt, darauf kommt's wohl nicht an. Genug, es galt dem Volke damals als ein Wunder, das urplötzlich ein neues Banner über unserm Heere wehte, als alles schon verloren schien und das alte Dänenbanner auch in Feindeshänden war. Das Wunder wirkte, wie's gesollt, der Sieg war unser. Und so hoffte ich auch biesmal wieder. Hätte es mir niemals träumen laſſen, daß dies Lübeck mir noch geblieben war. Nun habe ich wieder feſten Grund, darauf zu fußen."

Klas Halland runzelte die Stirne, daß die buſchigen, braunroten Brauen ſich zu ſträuben ſchienen, und ein böſes Funkeln ſtand in ſeinen Augen: „Mit Verlaub, ich traue dieſen Krämern nicht."

Der König lachte. „Wenn ihre Meinung und ihr Wille nur halb ſo gut iſt, wie heute Wein und Braten war, ſo können wir zufrieden ſein. Sie eifern, ſich mir dienſtbar, mir ihre Treue zu erzeigen. Für- wahr, hätten ſie wollen untreu ſein, ſie konnten's lange!" In ſeinem Auge glomm ein Strahl des Zornes auf, als er der Unbill dachte, die er hatte dulden müſſen. „Lübeck hegte nie Gedanken wider mich. Frag' nur den Burgvogt. Keinem der Unſern ward hier in all der Zeit ein Haar gekrümmt. Sie ſind furchtſame Krämerſeelen, hielten ſich gebunden durch ihr Wort. Deutſche Narren! Gut für uns, daß ſie ſo ſind. Die Dänen hätten die Gelegenheit beſſer für ſich ausgenützt."

Ueber Klas Hallands häßliche, von Leidenſchaften durchwühlten Züge flog ein hämiſches Lächeln. „Der Ritter Günther iſt ein aufgeblaſener, eitler Tropf, der meint, aus Furcht vor ihm hätten ſie nichts gewagt. Eher denk' ich, daß ſie ihn mißachten. Narren ſind ſie, meint Ihr, Herr? Ich meine, Füchſe ſind ſie. Und wie ſie ſich gebärden! So, als erwieſen ſie uns Gnad' und Gunſt! Abſonderlich der eine, der mir zur Linken ſaß. Soltwedel nannten ihn die andern."

„Verstehe, wen Du meinst. Ein schlichter Mann. Ein Feinschmied, wie man mir sagte."

„Wenn nur dieser Feinschmied sich nicht auch aufs Pläneschmieden versteht! Ich traue dem am wenigsten. Er sah in mich hinein und über mich hinweg. Ist Klas Halland der Mann, der sich von oben herab behandeln läßt? Kaum gönnte er mir das Wort. Was dünkt sich dieses Krämerpack?"

„Nun, mancherlei, dazu ihnen obendrein König Woldemar das Recht gab. Bundesgenossen dieses Königs Woldemar zu sein, bei Sankt Olaf, das ist nicht wenig, und das macht sie stolz. Laß ihnen ihre Art."

„Wäre ich König Woldemar, ich hörte eines Kriegers Rat: Ich hielte heute nach dem Abendtrunk die werten Bundesgenossen, den hohen Rat von Lübeck, auf der Burg verwahrt, bis sie den Vertrag beschworen und gezeichnet, den meines Königs Wille von ihnen heischen will. Und so sie sich weigern sollten, führte ich sie gefangen, als Geiseln, mit mir fort!"

„Klas, Klas, der Rat ist ungut. Der würde verderben, was guten Anfang nahm. Du bist grämlich, weil Dein Weibchen Dir entlief und Du es noch nirgend finden konntest, wohin Du Deine Späher auch gesandt!"

„Sie ist, wie von der Hölle eingeschluckt, nicht in Schwerin, noch auf der Boyzenburg verbirgt sie sich. Sie müßte gerade in ein Kloster geflüchtet sein vor dem unlieben Gatten, den Du ihr verschafftest. Wäre sie nicht so schön, mich würd' es reu'n, daß

ich auf Dich hörte. Von ihren Gütern habe ich so
noch nichts erhalten."

„Ich dachte Dich doch mit der reichen Erbin zu
entschädigen, mein armes Söhnlein, weil Du nicht,
wie Deine königlich geborenen Brüder, Anteil am
dänischen Erbe hast. Gedulde Dich, Dir wird noch
Dein Recht, wenn Woldemar die Oberhand gewinnt.
Und inzwischen halt' Dich schadlos. Sollte nicht dies
Lübeck auch hübsche Töchter haben? — Jetzt aber
komm, laß uns einen Ritt ins Freie tun, damit der
Kopf uns klar wird, denn heute abend gilt es noch,
beim Wein unsern Mann zu stehn."

Als dann die Glocken den Abend einläuteten,
empfing der König seine Gäste auf der Burg. Zwar
kam der Wein, mit dem er sie bewirtete, auch aus
Lübecks Kellern, nur daß dänisches Gold ihn zahlte,
oder eigentlich auch lübisches. Denn Heinrich Plöne
hatte es Woldemar geliehen. Er tat es gern, er war
der einzige, der im Rate stets auf des Dänen Seite
war, der einzige drum auch, vor dem die andern
nichts verrieten von dem, was sie geheim im Sinne
hatten.

Das hatten sie alle freilich im Augenblick ver=
gessen und auch, daß sie ja eigentlich des Dänen
Gegner waren. Woldemar saß unter ihnen wie unter
seinesgleichen und ließ es nicht fehlen an Huld und
Freundlichkeit. Sie tranken ihm fleißig im Wein
Bescheid, und im Wein ertrank ihr Groll. Es war
sehr laut und fröhlich an der Tafel. Und nur zwei
waren, die hielten sich beim Trunk zurück — König
Woldemar selber und Alexander von Soltwedel. Die

andern hatten des nicht acht. Die Stunden flogen, die Köpfe wurden schwer, die Sinne halb verwirrt.

Der Lärm schoß aus der Halle laut hinunter auf den Burghof, wo die Mannen auch zechten, und deren Lärm klang nicht minder laut hinunter auf die Gasse. Da war es auch noch rege. Auf dem Burgplan hatten der Bürger Hände mancherlei zu schaffen für die morgige Vorfeier des Maientages. Zelte und Paulune, das waren Häuslein aus Teppichen, wurden aufgebaut und der Papageienbaum ward für das Vogelschießen hergerichtet, dazu die Bühne für die Musika. Und auf dem Markte wurden Schranken und Sitze bereit gemacht, dieweil für die Morgenfrühe ein Kampfspiel und Ringelstechen angesetzt war, mehr dem hohen Gaste, als dem Maienfeste zu Ehren.

Bei seinem Ausritt vorhin hatte König Woldemar schon manches davon gesehen, und auch die Würde des Maigrafen, die ihm die Bürger boten, angenommen, aber nur für seinen Vogt, den Ritter Günther.

Jetzt aber dachte er nicht an das Maienfest, sein Sinn war auf Ernsteres gerichtet. Und als er meinte, es sei der rechte Augenblick gekommen, die Lübecker für alles willig zu finden, stand er auf, hob den Becher und sprach: „Liebwerte Gäste und wohledle Herrn von Lübeck! Ich trinke Heil Euch und Eurer Stadt! Sie möge blühen und gedeihen unter dem Schirm der Heiligen und meines Schwertes! So auch durch des Rates Weisheit! Ich trinke Heil dem Bündnis, das diese Stunde für ewige Zeiten

feſten ſoll zwiſchen Lübeck und König Woldemar, zu
Glimpf und Unglimpf, zu Schutz und Trutz!"

Der Bürgermeiſter, Herr Johann Perſevale, dem
er den Becher zutrank, ſtierte ihn mit halbverglaſten
Augen an. Er hatte nur halb das Wort verſtanden.
Taumelnd hob er ſein Trinkgefäß. „Heil!" ſtammelte
er und ſuchte Beſcheid zu tun. Allein der Becher
ſchwankte in ſeiner Hand und der Wein rann auf
den Tiſch. Heinrich Plöne, der es gewahrte, ſchrie
um ſo lauter: „Heil, Herr König!" Und die andern,
merkend, daß irgend ein Heil ausgebracht worden,
fielen lallend oder brüllend ein. Nur Alexander nicht.
Der ſaß wie abweſend und tat, als hätte er nicht
gehört. Doch war Ohr und Sinn ihm offen und er
hatte kein Wort verloren. „Eine Falle der Argliſt?"
dachte er. „Nun auf der Hut ſein und aufgemerkt!"

Da fuhr der König fort: „Dank, Freunde! Ich
ſeh' Euch eines Sinns mit mir. Und da wir juſt
ſo friedlich beiſammen ſind, laßt uns die Stunde
nützen, den Bund nach Brauch und Recht zu feſtigen
durch Pergament und Siegel. Woldemar will Lübeck
zu Ehren bringen, wie keine andere Stadt, ſoweit
die Oſtſee iſt. Hier ſoll meines Heeres Stütze, meiner
Siege Wiege ſein. Aus Lübecks Hand will ich
nehmen, was ich brauche zu meiner Krieger Notdurft,
aber Lübeck ſoll meine Siege mit erfechten, an
Woldemars Ruhm und Beute teilhaben, und Gewinn
und Segen davontragen aus ſeines Königs Macht.
Es iſt Euch doch genehm? So unterſchreiben wir
gleich den Vertrag, Ihr Herrn. Sagt ja!"

Drei, vier Stimmen stammelten ein Ja. Da wandte sich Woldemar an Halland, der in seiner Nähe saß: „Klas, reiche mir das Pergament!"

„Klas Halland, nicht minder trunken als die andern, sprang auf und brüllte: „Ha, das Pergament! Laßt sie unterschreiben, die Krämerbrut! Und wenn sie sich weigern, sperrt sie ein, die deutschen Hunde — bis sie zu Kreuze kriechen —"

Nur wenige hatten in dem allgemeinen Lärm verstanden, was der Trunkene sprach. Darunter Gottschalk Lune und Heinz von der Wische, der Knochenhauer. Sie fuhren jäh empor, als wollten sie sich auf den Dänen stürzen. Da traf sie Alexanders Auge, gebietend, Ruhe heischend.

Er hatte sich empor gerichtet. „Erlauchter König," sprach er ruhig, als hätte er nichts Ungehöriges oder Kränkendes vernommen. „Ihr seht, die Herren sind heute nicht mehr in der Fassung, ein ernst Geschäft zu überlegen. Es wäre nicht wohlgetan, beim Weine über Wohl und Wehe einer ganzen Stadt den Entscheid zu fällen. Schiebt das Geschäft auf zu gelegener Stunde, bis nach dem Maienfest. Und so ich in Ehrerbietung bitten darf, gebt Euren Gästen jetzt in Hulden Urlaub. Es ist spät. Und des neuen Morgens mannnigfach Geschäfte heischt neue Kräfte!"

Auf Woldemars Stirn stand eine Falte. Er sah die Absicht, die Lübecker Ratsherrn im Rausch zu überrumpeln, durch Hallands Unbedachtsamkeit, sowie durch des einen Wachsamkeit vereitelt. Und der Gedanke durchzuckte flüchtig sein Hirn, ob es nicht besser gewesen wäre, zu tun, wie Klas Halland von

Anfang an geraten. Jetzt aber war's zu spät. Auch
seine Dänen waren vom Weine übermannt. So
machte er klug gute Miene zum bösen Spiel. Er
lächelte, indem er die Blicke über die Tafelrunde
gleiten ließ: „Ihr mögt Recht haben, Freund. So
scheidet dann mit unserm Dank. Ich wünsche Euch
gute Ruh!" —

Sie gingen trotz des Rausches doch noch leiblich
aufrecht, die meisten Herrn vom Rate, als sie danach
die Burg verließen. Nur den Bürgermeister mußten
zwei der Ratsknechte, die mit den Mannen zusammen
auf dem Hofe gezecht hatten, von beiden Seiten
stützen, und den Bernsteindreher Paternostermaker
nahmen Heinz von der Wische und Gerd von Minden
zwischen sich. Es war fast Mitternacht, und die
Sterne schienen. Bis zum Bürgermeisterhause am
Markte gaben alle dem Stadtoberhaupte das Geleit,
dann trennte sich bald der, bald jener von der Gruppe.
Zuletzt gingen nur die Hövelns, Gottschalk Lune und
Alexander von Soltwedel mitsammen, und die ersten
gar noch ein Stück weiter, bis hin zur Mühlgasse.
Stumm schritten sie neben einander her. Als sie aber
dem Soltwedel die Hände gaben, sagte dieser:
„Christoph van Höveln, schickt mir Euren Sohn noch
vor Sonnenaufgang in das Haus, ich habe mit ihm
zu reden, und es eilt! Diesmal sollen die Jungen Recht
behalten. Ein rascher Streich führt rasch zum Ziele!"

Alexander von Soltwedel schlief nicht in dieser
Nacht -- beim Tranlämplein in der Werkstatt saß
er, aber nicht bei Schmiede=, Feil= oder Grabe=Arbeit.
Ein Pergament lag auf dem Werktisch, und darauf

schrieb er dichte Reihen, rollte es nachdem zusammen, verwahrte es mit dem Siegel und steckte es in eine hölzerne Kaspel. Dann löschte er das Lämpchen, stützte die Stirn auf und saß, in Sinnen versunken, bis es im Osten zu dämmern begann. Da erhob er sich leise und ging, vorsichtig, um keinen der Schläfer im Hause zu wecken, nach Jürgen Kahlefeldts Kämmerlein. Leise pochte er an und meinte, er würde lange zu wecken haben. Allein auch Jürgen lag noch wach.

Auch er hatte keinen Schlaf gefunden. Es war aber nicht allein die freudige Erregung und Erwartung für den morgenden festlichen Tag, an dem er mancherlei Geschäfte mit anderen lübischen Knaben gemeinsam zu verrichten hatte, die ihn wach hielt. Daß er den „Mai" im Burenholze binden helfen mußte, war ihm ja nichts so Neues, wenn es ihm ehedem auch gar wichtig erschienen war. Der Mummenschanz am Abend, bei dem er sich auch zu beteiligen gedachte, erregte ihn auch nicht so, obwohl das eine lustige Sache war, sonderlich für die Knaben, weil es da viel Neckerei und Possen zu treiben gab. Er mußte immer an den Dänenkönig denken, an seine gewaltige Erscheinuug, und an das ungeheuere Wagnis, das sein Oheim Alexander insgeheim plante, diesem Woldemar Trotz zu bieten. Es wollte ihm schier unmöglich scheinen und sogar nicht einmal nötig. Einem solchen Helden untertan zu sein, dünkte ihm keine Schmach, im Gegenteil, es mußte Ehre bringen!

So dachte er und schämte sich doch dieser Gedanken. Er war ja doch ein lübischer Junge und hielt auf seine Vaterstadt. Ach, wer ihn aus diesen Zweifeln und Wirrnissen zu reißen vermöchte! Oder wenn er doch einschlafen und all das vergessen könnte!

Da riß ihn schon das Pochen am Türlein aus der Wirrnis. „Ja,“ gab er zur Antwort, „wer pocht? Ist doch noch längst nicht Aufstehzeit!“

Da raunte des Oheims Stimme: „Tu auf, Jürgen, laß mich ein,“ und der Knabe sprang eilends auf und schob den hölzernen Riegel zurück. Der Oheim stand vor ihm. „Kann dir nicht helfen, mein Bub. Mußt aus den Federn. Aber leise, zieh Dich fertig an und komm in die Werkstatt, hab' Dir zu sagen, was keiner im Hause wissen soll, auch Oheim Johannes nicht!“

Ein Weilchen drauf stand der Knabe erwartungsvoll vor Alexander. Der wies ihn an: „Geh vor das Haustor und spähe, ob Du Nikolaus van Hoeveln die Gasse herunter kommen siehst. Dann bringe ihn gleich zu mir, doch laß es alles heimlich geschehen. Du selber sollst dabei sein, wenn ich mit ihm rede!“

Erstaunt wollte Jürgen etwas fragen, allein ein Blick in des Oheims Gesicht belehrte ihn, daß das umsonst gewesen wäre. So eilte er, zu gehorchen. Er brauchte auch nicht lange zu warten, so vernahm er rasche Schritte am oberen Ende der Gasse und sah den Erwarteten dem Haus zur Sonne zustreben. Er winkte ihm und machte ihm Zeichen, leise zu sein. Und gleich darauf standen die beiden Jungen vor Alexander, der sorgfältig den Riegel vorschob, Nikolaus sich nahe zu ihm setzen hieß, und dann halblaut begann: „Ich versprach Euch neulich Abend, Junker, daß ich des Worts gedenken wollte, das Ihr mir gesagt. Die Stunde kam eher, als ich selber geglaubt. Gefahr ist im Anzug. Es dürfte leicht für allezeit zu spät sein, an Befreiung vom Dänenjoch zu denken, wenn wir dieses Maienfest nicht zu nützen wissen!"

„Aha", rief Nikolaus erfreut, „soll's nun doch so werden? Ein Maienfest, daran Wolbemar gedenken soll? Sprecht, wie, wo, wann sollen wir uns seiner bemächtigen?"

Ein kurzer Ausruf, halb Schrecken, halb Empörung, brach von Jürgens Lippen. Der Oheim sah ihn durchdringend an. „Mich hat gedäucht, Du konntest es schon eben so wenig erwarten, wie die Junker, den Handstreich ausführen zu helfen?"

Jürgen wurde abwechselnd rot und blaß. „Das Gastrecht brechen, Oheim? Ihr habt es selber oft gesagt, das wäre Frevel und wider eines Mannes Ehre. — Das werdet ihr nicht tun, den Helden fangen — wann er sich dessen nicht versieht!"

„Dein Wort wär' recht, wenn's also wäre, wie Du sagst, doch willst Du unter deiner Rede nur verbergen, scheint mir, was ich doch erkenne: Er hat im Fluge Dein Knabenherz bezaubert — wie manches Mannes Gemüt. So ist Zeit zum Handeln. Wenn wir säumen, steigt für Lübeck nie der Freiheit Tag herauf!"

Noch einmal wiederholte Jürgen, halb anklagend: „Fangen — aus dem Hinterhalt — das bringt Lübeck nimmer Ehre ein. Dazu geb' ich nicht meine Hand!"

Alexanders Ton war schärfer: "Ich sage Dir, Knabe, wenn nicht wir ihn fangen, so tut er es mit uns. Schon hatte er hinterlistig das Netz ausgespannt an

diesem Abend, noch einmal gelang es mir im letzten
Augenblick, es zu zerreißen. Wer weiß, ob ich ein
zweites Mal es hindern kann!"

„Wozu die langen Reden?" fiel Nikolaus ein.
„Wir sind in Notwehr. Schon bessere Leute haben
an Gastrecht nicht denken dürfen, galt es der gemeine
Vorteil. — Sagt nur, wann und wo?"

„Den Vorwurf soll mir keiner machen, daß ich
Euch Jungen heiße, hinterlistig das Gastrecht zu brechen.
Das hat heute Woldemar selbst getan. Ist's nicht
des Wirtes Recht, dem Gast, der ihm das Gastrecht
kränkte, die Türe zu verschließen? Sei ruhig, Jürgen,
es geht eben so wenig wider Lübecks Ehre, als wider
Leben und Freiheit Woldemars. Und nun merkt
auf! Heut vor Nacht noch muß es geschehen. Wenn
es dunkelt, wird König Woldemar mit seinen Rittern
und manchem Lübecker zum Tore hinaus ins Holz
reiten, dort das Maienlager zu halten. Denkt er
zurückzukehren, bleibt vor jedem, der nicht gut
lübisch ist, das Tor verschlossen. Alles Dänische aber
muß vor Morgengrauen hinaus aus Lübecks Mauern.
Das ist's, wozu ich Euch Jungen brauche. Seht selber
nach dem Wann und Wo und Wie, macht's miteinander aus!"

Er erhob sich.

Nikolaus' Augen blitzten: „Also doch ein Maientag, dran Woldemar gedenken soll! Er soll, ist er erst
draußen, gewiß nicht mehr herein. Mit der Besatzung
werden wir wohl fertig, wir Lübischen!"

„Doch spart, so viel es angeht, das Blutvergießen
— dazu wird später der Tag noch kommen", mahnte

der Aeltere ernst und wandte sich dann dem Neffen zu, dessen Gesicht sich aufgeheitert hatte und der Nikolaus hastig zugeflüstert: „Den Olaf Hillege nehm' ich auf mich!"

„Nein, mein Gesell, Dir ward ein ander Amt zugedacht. Du brauchst in diesem Spiele Deine Hände nicht zu rühren, magst nur dem Junker Botschaft tragen helfen. Auch meine ich, Du hast ja noch im Burenholze zu tun, den Mai binden zu helfen und ihn weislich zu verstecken, damit der Maienkönig ihn erst suchen muß. Geht's dann hinaus, mußt Du dabei sein, dieses Suchen zu erleichtern. Aber auch Du kehrst nicht im Morgenlicht zurück. Dann bist Du lange unterwegs auf Deiner Botenfahrt. Indes die andern das Lustlager halten, schleichst Du Dich querwaldein, gen Süd und wanderst rasch und ungesehn und ohne langes Rasten gen Schwerin. Dies Pergament gibst Du Graf Heinrich selber in die Hand. Und so der Deiner noch zu weiterm Botengang bedarf, bist Du ihm willig und gehorsam. Nimm reichlich Zehrung auf den Weg, und auch ein Gewaffen. Zehrgeld geb' ich Dir mit dem Pergament, am Abend, auch die Spangen, so hast Du einen Vorwand, ins Schloß zu kommen. Nun gehabt Euch beide wohl. Ruht noch ein Weilchen. Jürgen, laß den Junker aus dem Hause — und eilends, eh es drin lebendig wird. Niemand braucht vorzeitig zu wissen, was wir in dieser Werkstatt für heimliche Pläne schmiedeten."

„Wahrlich," gab Nikolaus noch zurück, indem er scheidend Alexander die Hand reichte, „man wird Euch in Zukunft nur den Feinschmied von Lübeck nennen.

— wenn dieses Werk so wohl gelingt, wie Eure andre Schmiedearbeit."

„Der Feinschmied beginnt's, der Waffenschmied setzt's fort, und die Grobschmiede mögen dreinschlagen, wenn's nötig wird, und das Werk vollenden!" raunte Alexander lächelnd und schloß hinter den beiden die Tür.

5.

„Laß die Agnete nur, Frau Mutter. Jugend will auch ihr Recht. Und es ist Maienfest!"

„Sind die Zeiten geschickt zu Spiel und Tanz für Lübecks Töchter, solang der fremde Herr in seinen Mauern sitzt?"

„Und dennoch sag' ich: Laß sie! Ja, ich bitte Euch, Mutter, daß Ihr selber sie zum Festplatz hingeleitet, angetan mit ihrem besten Schmuck!"

„Wie, und wenn der Dänen einer gar Johann Soltwedels Kind zur Tänzerin begehrt — mit ansehn sollte das Johannes' Mutter?"

„Ansehn und dulden, weil sie es nicht wehren kann noch darf. Laßt sie tanzen, so lang die Fiedel klingt. Ich sag' Euch, Mutter, nach heute wird so bald nicht wieder die Musika zum Tanze spielen — oder doch eine andere Musika — und zu anderm Tanz — auch mit den Dänen!"

Frau Ursula sagte nichts mehr. Sie sah mit großen Augen, darin ein verstehend Leuchten aufglomm, auf ihres Sohnes Antlitz. „Sei es denn," sprach sie endlich nach kurzem Schweigen. „Geh Agnete, tu Festgewand und Kränzel an!"

Das Mädchen, das am Tisch gesessen, daran die
Hausgenossen eben das heute arg verspätete Mittagsmahl eingenommen, fuhr aus seiner Traurigkeit empor,
halb ungläubig noch, daß seines Herzchens Wünschen
nun doch noch Erfüllung finden sollte. „Oheim
Alexander!" jauchzte es und flog dem an den Hals.
"Das danke ich Dir allein! Der Vater mag sagen, was
er will, der schafft's nicht bei der Ahne. Aber wenn
Du für mich redest! Nun hab' ich denn doch auch
noch mein Teil am Feste! Zum Ringelstechen habe
ich heute morgen ja auch nicht zuschaun dürfen und
nur gehört, was des Vaters Schreiber mir davon
erzählten. Du hast's ja auch vernommen. Wie die
Burgmannen mit des Königs Gefolge um den Preis
gerungen, und schließlich der Ritter Günther ihn doch
davon trug!"

„Und Olaf Sillege, der Hauptmann" warf Jürgen
mürrisch ein. Denn er hatte auch am Tisch gesessen,
und weil er so spät vom Holze heimgekommen, deswegen war mit der Mahlzeit gewartet worden, auch
wegen des Ringelstechens, denn das hatten die männ-
lichen Jungleute des Hauses noch mit angesehen.
Und darüber berichten müssen, und sich nicht wenig
verwundert, daß kein Stadtjunker sich am Kampfspiel
beteiligt, sondern Lust und Ehre allein den Dänischen
gelassen.

Alexander hatte seinem hübschen Nichtlein
freundlich die glühenden Wangen gestreichelt, und
mit einem jauchzenden: „Eia, zum Tanz, Tan-
darabei!" hüpfte Agnete hinaus. Auch die jungen
Dienstleute des Hauses gingen hinaus, um sich für

die Luft des Abends vorzubereiten, und zu Jürgen
sprach Alexander: „Nun rate ich Dir, halt noch ein
Stünblein Rast, wirst es nötig haben für die Nacht.
Wir sprechen uns noch, eh' ich zum Festplatz gehe!"

Die beiden Brüder waren außer Gräfin Maria
allein auf der Diele, denn auch Frau Ursula ging,
der Enkelin zu helfen und für das eigene Festgewand
zu sorgen.

Gräfin Maria hatte dem Kinde lächelnd nach-
geblickt. „Was seid Ihr für ein Zauberer, Alexander,"
sagte sie. „Ihr wandelt Tränen in Lachen, Regen
in Sonnenschein! Und doch, wenn Jüngferlein Agnete
wüßte — wer weiß, ob sie so jauchzte! — Es —
wird Ernst? Ihr sagt dem Dänen ab? Weiß Graf
Günzel und Graf Heinrich von Schwerin, weiß Herzog
Alf von Schauenbnrg, daß sie die Schwerter schleifen
müssen, weil Lübeck ruft?"

„Wenn um Mitternacht der Maigraf mit seinen
Gesellen im Burenholze weilt, den Mai zu holen,
wird mein Bote auch vor den Toren sein. Ihr mögt
ihm selber Botschaft an Eure Gesippen mitgeben, edle
Gräfin, so Ihr das begehrt. Jürgen ist ein geschwinder
Knabe und weiß, um was es geht."

„Ein Maienfest also, an das Woldemar gedenken
soll, wie an jenes andere? Hei, habe ich es nicht
gewußt?" Sie lachte triumphierend. Dann aber fügte
sie im Tone der Besorgnis hinzu: „Der junge Jürgen
soll Euch Bote sein? Verzeiht — er ist zwar Eurer
Mutter Blut — doch wird er treu sein und ver-
schwiegen? Mich dünkt, er staunt den Dänen an,
wenn er ihn nicht bewundert —."

„Ich weiß es," sagte Alexander ruhig. „Besser, daß er den Feind bewundert, als daß er ihn unterschätzt, und Ihr sagt es, er ist aus meiner Mutter Blut, ist einst der Erbe der Soltwedels, denen kein Sohn erwuchs. Und daß er jung ist? Gerade darum! Auf wen anders soll Lübeck noch für seine Zukunft hoffen und vertrauen? Die Alten sind allzu furchtsam und bedächtig und wagen nicht gern ihr Gut, geschweige denn ihr Leben."

Herr Johannes, der dabei stand, nickte nur und seufzte. Gräfin Maria aber fuhr fort: „Und heute, bei diesem Maienfest? Wie drängt's mich, Zeugin zu werden dessen, was geschehen soll!"

„Beim Feste selber edle Frau, mögt Ihr nur sehen, was allen Maienfesten eigen ist. — Ein arg Gewühl und Lärm des Volkes, das Bolzenschießen nach der Vogelstange — dazu Tanz und Reigen unterm bunten Zelt und groben Mummenschanz. Und freilich noch hier die fremden Ritter —"

„Deren einem ich freilich nimmermehr begegnen will — es sei denn, daß er in Banden oder sterbend vor mir läge! — Und dennoch lüstete mich — Ihr spracht von Mummenschanz — ich könnte wohl vermummt dabei sein?"

„Nein, Gräfin, das ist nichts für Euch. Ja, könntet Ihr in unser beider Schutz — allein wir haben erst beim Dunkelwerden Zeit, den Festplatz aufzusuchen, wir müssen uns ja doch zeigen, eh sie nach dem Walde reiten, damit ihnen kein Argwohn kommt."

„Könnt Ihr mir nicht etwas davon verraten, was
Ihr sinnt? Damit ich doch auch mein Teil der Freude
habe an diesem Maienfest?"

Sie hatte sich an Johannes gewandt, denn sie wußte,
daß der nur schwer ein Nein für ihre Bitte haben
würde. Er enthüllte ihr denn auch mit wenig Worten,
was er selber von dem Plan des Bruders wußte.
Alexander lehnte halb abgewandt am Tische und warf
nur zuweilen ein kurzes Wort dazwischen. Stumm
lauschte Maria und ihre Blicke wanderten vom
Antlitz des einen Bruders zu dem des anderen.
Welch ein Unterschied! Da war der ältere, Johannes
das Haupt der Sippe, als tätiger und tüchtiger
Handelsherr das Gut des Hauses mehrend, aber
dennoch von schlichter, bescheidener Art. Freiwillig war
er, das wußte sie, hinter dem geistig ihm überlegenen
Jüngeren zurückgetreten, hatte ihm den Stuhl im
Rate geräumt und wußte sich ihm in allen großen
Angelegenheiten neidlos zu unterwerfen. Und dieser
Alexander! Bewunderung stieg in ihr auf. Wie viel
im Zaum gehaltene Kraft, wie viel gedämpftes Feuer,
wie viel Edelsinn und Stolz, gepaart mit kluger
Bedachtsamkeit!

Sie dachte der Männer, die ihr im Leben nahe
getreten waren: Der bärenstarke und bärenhaft schwer-
fällige, aber treue Herzog Alf — der wilde, schlimme
Halland — der ritterliche, zarte Detlef Gundendorp
— sie alle verblaßten gegen diesen Einen, der doch
nur ein schlichter Bürger war!

„Alexander," sagte sie tief aufatmend, „was seid
Ihr für ein Mann! — Sagt, habt Ihr denn nie ein

liebes Weib begehrt? Wie hättet Ihr ein solches glücklich zu machen gewußt!"

Johannes lachte. „Er? Für den gibt's nur ein einziges, die Mutter! Die ist auch schuld, daß er ein Sonderling geworden ist und nur für das eine sinnt und lebt —."

„Nur eine Minne kenne ich — Lübeck und Lübecks Freiheit!"

Er hatte sich gewandt, hochaufgerichtet stand er, und sein Auge leuchtete. Da sagte sie: „Und ich mit meinem Geschwätze störe Euch im Dienste dieser Auserwählten, das fühl' ich wohl. Verzeiht mir und nehmt meinen Dank. Und wenn's geglückt ist, laßt es mich gleich wissen. Lübecks Freiheit ist auch der heiße Wunsch Marias von Schwerin!"

Die Zeit war vorgerückt und das Jungvolk, auch Frau Ursula mit Agnete, begleitet von Peter Sölle, dem Knecht, als Schutz, aus dem Hause zur Sonne gewandert, dem Festplatz, dem Burgplan zu. Als es dämmerte, hatten auch die Brüder Soltwedel das Haus verlassen, Alexander, nachdem er Jürgen das Pergament und einen Beutel mit Zehrgeld, dazu die geschmiedeten Spangen und Zierate eingehändigt und gemahnt hatte, alles wohl zu verwahren, und nicht zu lange mehr zu säumen, damit er den Austritt nicht verpasse.

Jürgen hatte ihm die Hand gegeben und gelobt, alles getreulich auszurichten. Nun war er, wie er meinte, allein und unbeobachtet im Hause. Da schlich er sich in die Kleiderkammer und wühlte unter den Gewändern, bis er eins fand, das Base Agnete ehedem getragen, das aber nicht gut genug mehr war und deshalb im Winkel hing. Das dünkte ihn recht. Und nun begann er ein wunderlich Tun. Mit gar ungeschickten Bubenfingern versuchte er es anzulegen. Allein die Hefteln und Bänder wollten sich nicht so leicht schließen lassen und alles hatte keinen Sitz. Unwirsch begann er zu fluchen und vor sich hin zu schelten, probierte hin und her und kam doch nicht zum gewünschten Ziele.

In solcher Beschäftigung achtete er es nicht, daß er die Türe zur Kleiderkammer nicht recht verschlossen hatte, und daß Schritte die Stiege heraufkamen und vor dem Kämmerlein hielten. Das Türlein ward aufgetan, und Gräfin Maria stand auf der Schwelle. An ihre Gegenwart im Hause hatte er nicht gedacht und schrak nicht wenig zusammen, wie einer, der auf unrechtem Wege ertappt wird.

Auch Gräfin Maria war nicht wenig verwundert über den sonderbaren Aufputz, in dem sie den Lehrbuben antraf. Lachend rief sie: „Ei, ei, Jürgen Kahlefeld, seid Ihr's wirklich, junger Gesell? Was treibt Ihr für Kindereien?"

„Verratet mich nicht, edle Frau," raunte er verlegen. „Ich brauche dies zum Mummenschanz."

„Zum Mummenschanz? Ich hörte, Euer Oheim übertrug Euch ernstere Geschäfte und hab' Euch gesucht, weil ich Euch ein Brieflein mitgeben wollte an meines Oheims Heinrich Gemahlin nach Schwerin! Ich fürchte, wenn Ihr an Mummenschanz und Narrenkleidung denkt, ist Eures Ohms und meine Botschaft bei Euch nicht in allerbesten Händen!"

„O,“ rief er unwillig und verlegen zugleich, indem er das Frauenkleid hastig von sich streifte, „Ihr braucht nichts zu fürchten, edle Frau. Euer Brieflein gebt nur her, es ist bei mir in sichern Händen und wird wohl besorgt, wie des Oheims Pergament. Wenn ich auch erst den Mummenschanz noch mitzumachen denke; ehe sie draußen im Walde noch ihr Maien-lager abbrechen, bin ich längst auf der Fahrt gen Schwerin. Doch nicht dabei sein sollen, wenn sie die Dänen strafen? Das geht nicht, hab' meinen eignen Span noch herauszuhauen dabei. Drum brauch ich auch den Mummenschanz.“

„Ei, ei, wie wollt Ihr beides vereinen und gegen Herrn Alexanders Willen?“

„Er braucht nicht drum zu wissen, der Nickel, mein zukünftiger Vetter, weiß drum und es ist alles abgeredet. Hab' mir's selber ausgedacht — bin nicht umsonst beim Feinschmied von Lübeck in der Lehre!“

Sie lachte. „Sieh an, was ein Häklein werden will, krümmt sich beizeiten! Aber es dünkt mich, Ihr habt schon jetzt mit Widrigkeiten zu kämpfen, kommt ja allein nicht zurecht mit dem Staat zum Mummen-schanz!“

Er nickte verdrießlich: „Das Mädelzeug, damit kenn' ich mich noch nicht aus. Aber es muß gehn.“

„Laßt mich Euch helfen, Jürgen.“ Er wurde rot und wehrte: „Edle Frau, das würde sich nicht schicken —.“

„Wenn ein lübischer Bub', um die Dänen fort-treiben zu helfen, ein Weibergewand anlegen will und es sich für ihn schicken soll, was mag's sich nicht

ebenso schicken, wenn die Gräfin von Schwerin ihm
hilft? So tu ich doch etwas dabei, hat mich ohnedies
schon arg gekränkt, daß ich müßig bleiben muß und
ferne außerdem! — So, rasch — nur nicht geziert!
Ist ja wie für Euch gemacht, das Kleid! Und wahrlich, jetzt sieht man erst, wie ähnlich Ihr Eurem
Bäslein seht! Nur der Bubenkopf! Schade, daß Ihr
nicht die langen Zöpfe auch anlegen könnt! Da muß
ein Häublein helfen, sonst ist die Mummerei nicht
fertig!"

Mit leichter, flinker Hand hatte sie ihm die Gewänder
übergestreift und zugenestelt. Es war ihm wunderlich zu Mut, wenn die zarten Frauenfinger dabei
seine Wange streiften, beklommen und bange und
doch wieder wohlig. Seit er im Haus der Soltwedels
lebte, hatte linde Frauenhand ihn nicht berührt, es
war denn gewesen, daß er mit Base Agnete eine
Neckerei getrieben. Die Ahne war von kurzer, herber
Art und kannte kein Zärtlichtun.

„So, mein neues Bäslein Jürgen," lachte Gräfin
Maria, „nun heraus aus diesem Winkel, und für ein
halb Stündlein mit mir hinüber in mein Gemach.
Da geb' ich Euch das Brieflein, und zum Danke
sollt Ihr mir noch etwas erzählen, wie Ihr hier in
Lübeck gewohnt seid, das Maienfest zu feiern. Ist
überall andere Art."

Sie schritt ihm voran in ihr schon ganz von der
Dämmerung erfülltes Gemach, und langsam, unsicher
gehend in dem ungewohnten, faltigen, langen Rocke,
folgte Jürgen nach, auf ihr Geheiß sich auf einen
Schemel ihr gegenüber setzend. Dann berichtete er:

„Am Morgen vor dem erſten Maientag, ſo wie heute in der Frühe, gehn die Buben der Stadt hinaus in den Wald, aus den erſten grünen Ruten den König Mai zu binden. Es geht reihum bei den Bürgers= ſöhnen, immer ihrer zehn bis zwölf. Heuer iſt's ſchon fein grün draußen und das Rutenmännlein hübſch ſtattlich geworden. Aus den erſten Lenzblumen, weißen, gelben und blauen, haben wir ein artig Kränzlein gewunden und es dem König Mai aufs Haupt geſetzt, das nimmt ſich dann der Maigraf als Siegerlohn. Den Wagen, den wir mit hinausnahmen, darauf der König Mai in die Stadt gefahren werden muß, haben wir fein mit Grün geſchmückt, auch weislich viele Ruten geſchnitten und den Wagen bis oben an gefüllt, ſollen zur Zier der Kirchen für den Maiengottesdienſt, zu Ehren der heiligen Jungfrau, der himmliſchen Maienkönigin ſein. Oben auf all dem Grün thront der König Mai, den wir gebunden haben. Und wenn es nachtet, dann zieht ein Jung= geſell als Maigraf mit großem Gefolg hinaus in den Wald und hält da die Nacht hindurch ein luſtig Hoflager mit Geſang und Trunk und allerlei Kurz= weil. Heuer haben wir ja, dem Gaſt zu Ehren, den Ritter Günther zum Maigrafen gemacht.

„Iſt gut ſo und alles, wie es ſich ſchickt für das, was wir vorhaben. Mit Morgengrauen muß der Maigraf mit ſeinem Hofgeſinde das Maienlager abbrechen und im Walde ſo lange ſuchen, bis er den Wagen mit dem König Mai gefunden, und den führt er nun mit Siegesfreude heim nach der Stadt — ſonſt — heute ſoll's ja nimmer ſo werden." —

„Wenn's gelingt!" vollendete die Hörerin. „Und sonst, nicht wahr, zog alles dann zum Dom, grüne Zweiglein aus der Maienbeute tragend?"

„Wohl! Sie stürzen sich schier alle auf das Grün, sobald der Wagen in den Toren ist. Die geweihten Maienzweiglein bringen ja Glück ins Haus und schützen vor Zwietracht, Krankheit und allem Bösen das ganze Jahr hindurch — so glauben sie!"

„Da werden sie aber heuer nicht viel geweihte Zweiglein ergattern, die Lübecker, wenn es recht ausgeht?"

„Das wird's, und das ist das wichtigste. Was sonst aus dem Maienfest morgen wird, drum sorgen wir uns wenig. Nun aber, edle Frau, gebt Urlaub. Ich muß aus dem Haus sein, bevor die Ahne und Agnete wieder heim sind, keiner darf mich sehen — und Ihr verratet mich nur nicht — bevor's getan ist!"

„Seid unbesorgt. Hier ist das Brieflein. Aber wo laßt Ihr es inzwischen?"

„Ich verwahr' es hier in diesem Kästlein, drinnen die Zierrate sind, die ich zu Schwerin abliefern muß. Das Pergament liegt noch darunter. So — zwischen Wams und Linnen! Ist schier wie ein Panzer. Ein Gewaffen hab' ich auch noch im Gurt, unter dem Dirnenkleid, für alle Fälle! Und nun lebt wohl, die Heiligen mögen mit Euch und Lübeck sein —."

„Und mit Dir, mein tapferer Bub!" sprach sie herzlich und drückte einen raschen Kuß auf seine Stirne. „Noch eines: Wenn Du meinen Vetter Alf von Holstein triffst — und auch vielleicht den Ritter Detlev Gudendorp, sag' ihnen Grüße von Maria von

Schwerin! — Fahr wohl — ich werde für Euch
Gelingen erflehen von den Heilgen — und für Dich,
mein Kleiner, Schutz auf der Botenfahrt!"

*   *   *

Hei, war das ein Leben und Treiben auf dem
Burgplan! Das kreischte und lachte, pfiff und fiedelte,
stampfte und wirbelte durcheinander, und je weiter
die Stunde vorschritt, desto toller ward das Lärmen.

Hier drängte es sich um den Papageienbaum, und
lauter Jubel lohnte den Schützen, der den Vogel traf.
— Dort drängte es wieder nach dem Trinkzelt, denn
Lachen, Lärm und Tanz macht durstige Kehlen. —
Auf dem Tanzplatz aber war es schier am engsten.
Es fehlte nicht an Tänzern und auch nicht an schönen
Mädchen. Auch Agnete, die unter den jungfrischen
Mägdlein eins der lieblichsten und muntersten war,
brauchte um Tänzer nicht zu sorgen. Sie flog aus
einem Arme in den andern, jedoch gerade der eine,
auf den sie gehofft, war nicht zu sehen. Wo blieb
der Nikolaus nur? Daß er nicht da war, wollte ihr
die ganze Lust und den Tanz verleiden!

Dafür war ihr gar hohe Ehre zuteil geworden.
Der König, nachdem er zuerst die schon bejahrte
Bürgermeisterin zum Reigen geführt, und danach
auf gleiche Art Heinrich Plöne's Weib geehrt, er
selber neigte sich danach vor der Tochter der Soltwedel
und schritt mit ihr im Kreis einher, bis die Pfeifer
schwiegen, sie dann sittsam zum Platz zurückgeleitend.
Wie war sie rot geworden, wie hatte sie gezittert!
Und noch hinterher saß sie scheu und ängstlich neben
der Ahne und wagte kaum aufzublicken.

Noch schwieg die Musika. Da gab es auf dem Platz auf einmal ein ungeheures Lachen und Gekreisch, und durch die Reihen drängte sich ein wunderlicher Aufzug. Der Mummenschanz! —

Er kam daher, eine lange Schlange vermummter Gestalten. Schwarze Teufel, mit roten Hörnern und langem Schweif, ein Nönnlein oder auch einen Mönch am Arme führend, und Narren im buntscheckigen Kleid, die Peitsche in der Rechten, neckend damit nach den Gaffern schlagend. Auf einmal huben die Vermummten untereinander sich zu katzbalgen an, daß die Menge vor Vergnügen schrie und johlte. Sie sprangen zwischen die Leute hinein, bald hier, bald dorthin, und die Wirrnis wurde immer größer. Es war nur gut, daß die Pfeifer nun wieder zum Tanze aufspielten, damit das allzu wilde Getöse ein Ende nahm.

Da stand vor Agneten ein Däne von hünenhafter Gestalt, mit wildem, narbenvollem Antlitz. Er hielt es für unnütz, sich erst noch zu neigen, ergriff rasch die Maid, umfaßte sie und riß sie mit sich fort zum Tanze. Das war jetzt kein feierlicher Reigen, es war ein lustiger Wirbel. In den hinein führte der Fremde sie, preßte sie an sich, daß sein heißer Atem, üblen Weindunstes voll, ihr in das Antlitz schlug und sie sein wildes Gesicht dicht an ihrer Wange spürte. Der Atem wollte ihr fast vergehen, so wild tanzte er, und am liebsten hätte sie sich gewehrt und laut aufgeweint vor Angst und Grauen — aber das durfte sie ja nicht!

Auf einmal aber, mitten im wildesten Wirbel, sprang einer der schwarzen Teufel aus dem Mummen= schanz auf das fest verschlungene Paar zu, packte den Ritter von rückwärts, daß er taumelte und seine Arme löste und riß die Tänzerin mit sich fort, rasch wie der Sturmwind. Der Ritter fluchte, die Gaffer lachten. Agnete aber ward es plötzlich sonderbar leicht zu Sinn. Die Augen in dem schwarzen Teufelsgesicht sahen sie so bekannt an: „Nikolaus," raunte sie, „Du? Beim Mummenschanz?"

„Geh heim, Agnete! Weißt Du, wer vorher mit Dir getanzt? Das war der wilde Halland. Wenn der sich einmal ein Mädchen ersah, läßt er's nicht wieder! Geh heim, tu mir's zulieb!"

Sie nickte. „Ist mir lang leid, das Fest, ist mir zu toll!"

„Wird noch viel toller, ist nichts für zarte Jüng= ferlein!"

Und da sie gerade nahe bei den Bänken waren, ließ er sie stehn und sprang weiter, mitten zwischen eine Gruppe Trinker. War es Zufall oder Absicht, daß er da noch einmal an Halland geriet, der sich mit ein paar Bechern Weins für die erlittene Unbill trösten wollte? Dem sprang er auf die Schultern, daß er laut fluchte: „Hölle und Teufel!"

Der Teufel lachte: „Komm, Dir Gruß zu sagen aus der Hölle! Warten dort lange schon auf Dich, Klas Halland. Lang schon hat sie Dich hinein gewünscht, die schöne Gräfin Maria von Schwerin!"

Das war dänisch gerufen, und Halland hatte es verstanden. Er brüllte auf vor Wut, allein der Teufel

war schon wieder auf und davon, im Gedränge
verschwunden, und des Dänen Zorn erreichte ihn
nicht mehr.

Als es dann dämmerig wurde und man die
Pechfackeln entzündete, nahm das Treiben so über=
hand, daß, was ehrbar war von Frauen und Mädchen,
heim in den Schutz der Häuser eilte. Nur die Männer,
die Herrn vom Rat darunter, saßen noch im Trinkzelt,
und auf dem Tanzplatz drehte sich, was minder
ehrbar war, allerlei loses Volk; dazu der tolle
Mummenschanz.

Endlich erscholl Hornruf. Das Burgtor tat sich
auf, Ritter Günther mit etlichen Mannen, alle festlich
angetan, ritt heraus, sein Amt als Maigraf anzu=
treten. Der König und sein Gefolge schloß sich an,
und Heinrich Plöne, als Vertreter des Rates, ritt
zu seiner Linken. Fackeln leuchteten dem Zuge bis
zum Walde, allerlei müßiges Volk lief nach. Das
Tor wurde geöffnet, und mit Sang und Klang zog
der ganze Troß heraus, das Tor ward hinter ihm
geschlossen. Was noch auf dem Festplatz war, verlief
sich, und gemach ward es stille auf den Straßen.
Nur auf dem Burghof saß die kleine Schar der
Mannen, die zur Wacht zurückgeblieben war, unter
ihnen kreiste noch der Becher. Sie hatten zwar am
Morgen mitgefeiert bei Kampfspiel und Ringelstechen.
Aber bei Tanz und Vogelschießen waren sie zu kurz
gekommen. Nun mußte der Wein sie schadlos halten.

Da horch — welch ein Gepolter am Burgtor?
Dazwischen Lachen und Gekreisch wie Weiberstimmen:

„Holla, macht auf, wir wollen mit Euch das Maien-
lager halten!"

Sollte man sich das zweimal sagen lassen; Olaf
Hillege selber tat das Tor auf. Ei, ei, der lustige
Mummenschanz! Und Weiblein drunter? Und die
vordersten trugen gar ein rundes Fäßlein, das nun
polternd in den Burghof rollte: „War liegen blieben
im Trinkzelt — soll nun uns munden, Trautgesellen!"

Es ward eine Weile sehr lustig auf dem Burghof.
Auf Olaf Hilleges Knien saß ein rankes, schlankes
Dirnlein und schmeichelte ihm und streichelte und trank
ihm zu. War ein gar so lieb und lustig Ding:
„Hab' Dich wohl schon irgendwo gesehen, mein Schätz-
lein, muß Dich kennen." —

„Ei freilich, gewaltiger Herr Hauptmann, kenn
Dich doch auch. War Dir nur immer zu gering,
aber heute ist's all' eins, da sind wir gleiche Gesellen!"

Ueber alledem ward dem Hauptmann so wohl, er
wußte gar nicht mehr, was er tat und was mit ihm
geschah, und den andern Mannen ging es ebenso.
Wegen der Hitze und Unbequemlichkeit schnallten sie
den Panzer auf nnd legten die Wehr beiseite. Was
oll's damit bei der Maienlust? Heia, Maienfest, wie
bist Du so schön! Schier lauter Wonne und Seligkeit" — —

Ja, was war denn das? Da hatte einer einen
Pfiff getan, und da stieß das ranke Dirnlein den
Olaf Hillege vor die Brust, daß er mit lautem Krach
rücklings zu Boden fiel mitsamt dem Schemel, drauf
er saß. Und das Dirnlein hockte gleich über ihm
und schnürte seine Hände mit einem festen Stricke

zusammen: „Lieg' fein stille, stolzer Olaf Hillege, wehr' Dich nicht, dann geht's nicht ans Leben — ist ja bloß ein Spaß!" — —

Wehren? Dazu hätte man doch Waffen haben müssen! Verfluchte Dirne, die hatte sie ihm entwandt! — Aber wie? Das war ja keine Dirne, die Weiberkleider hatte sie abgeworfen — ein lübischer Junge war's, einer der verfluchten Lehrbuben — „Verflucht!" In Olaf Hilleges Stirn kreiste es, und die Sinne schwanden ihm.

Ein kurzes Ringen noch mit Einzelnen. Endlich waren auch die überwältigt und lagen gebunden, stöhnend, fluchend oder besinnungslos auf den Fliesen des Burghofs. Nikolaus van Hoeveln tat noch einmal einen Pfiff und wischte sich aufatmend das Blut von der Stirne, das aus einer kleinen Wunde floß, die er davongetragen. Es war geschafft, der Alexander konnte ihn loben, ein Leben hatte es nicht gekostet, und auf ein paar Beulen und Schrammen kam es nicht an. Aber nun noch das Letzte! Den Turm erklettern, das Dänenbanner niederreißen, das von Lübeck weithin sichtbar an seine Stelle pflanzen — es war die Arbeit einer kurzen Zeit. Das gleiche noch auf den Mauertürmchen, damit die ersten Strahlen der Maiensonne schon die Farben des befreiten Lübecks grüßen konnten!

Die Gefesselten trugen sie fein sänftlich hinaus vor das Stadttor und legten sie auf den Rasen vor der Mauer nieder. Und einer derer, die bei alledem mit Hand angelegt, kehrte alsbald der Stadt und auch dem Burenholze den Rücken und wanderte rüstig durch die Nacht, erst flußaufwärts, um sich dann mehr gen Oft zu wenden, der aufgehenden Maienfonne zu.

Im Haus zur Sonne aber brannte auch diefe Nacht in der Werkstatt des Feinschmieds das Lämp= lein, und es war ein heimliches Kommen und Gehen bis lange nach Mitternacht. Bis zum Morgengrauen faß Herr Alexander am Werktisch, aber nicht beim Feilen und Graben, sondern wiederum bei wichtigem Schreib werk. Erst als das Zwielicht der Tranlampe und des anbrechenden Tages sich vermischte, legte er den Griffel beifeite, ging in fein Kämmerlein, wufch fich die müden Augen helle, tat Mantel und Kappe an und verließ das Haus, um nach dem Burgtor zu gehen. Mit zufriedenem Blick grüßte er das flatternde Banner von Lübeck, und fein ernftes Gefiht erhellte fich noch mehr, als droben auf der Stadtmauer beim Tore ein hell=fröhlicher Zuruf erklang, der ihm galt. Dort oben hielten lübifche Jungen, Armbruft oder Bogen handbereit, die Wache, und es war ihnen nicht mehr anzufehn, daß fie am Abend zuvor noch in der Vermummung fhwarzer Teufelein oder büßender Mönche und Nönnlein ihr tolles Unwefen beim Feft getrieben hatten.

Ueberall waren die Jungen auf dem Poften, foweit er die Mauer entlang fchritt. Er nickte befriedigt und wandte fih, um heimzukehren. Er durfte jetzt noch ein Stünblein raften, ehe des erften Maientages fhweres Werk für ihn begann.

In der erften Maiennacht, fo fagt man, geht ein Zauber um. Schon einmal hatte König Woldemar das an fih erfahren. — Als er diesmal nach

Sonnenaufgang mit feinen Fahrtgenoffen nach einer
heiteren Raft im junggrünen Walde vor Lübecks
Tor geritten kam, fand er das verfchloffen. Und
dem Pochen des Maigrafen, der Einlaß begehrte für
den König Mai und feine Gefellen, antwortete von
droben herab ein heller Spottruf: „Herein kommt
niemand, als wer gut lübifch ift!"

Noch mochte der König und auch die andern den
Sinn der Worte nicht verftehn. Da brachte man die
gebundenen Mannen, die im Gras gefunden worden
waren. Und Klas Halland wies auf die Türme, wo
ftatt des Dänenbanners das von Lübeck flatterte.
Ha, nun verftand er! Wutfchäumend kehrte er fich
gegen den Lübecker Ratsherrn an feiner Seite, aber
deffen entgeiftertes, verftändnislofes Antlitz zeigte
ihm, daß Heinrich Plöne nichts gewußt von dem
verräterifchen Anfchlag, und auch die wirr durchein=
ander kreifchenden Lübecker beim Maienkarren nicht.
Noch einmal tönte laut, gebieterifch die Einlaß=
forderung, diesmal aus des Königs Munde. Als
nun Hohngelächter antwortete, da richtete Wolbemar
fich in wilder Wut im Sattel hoch. Seine Fauft
drohte nach der Stadt hin: „Ich komme wieder!",
und er wandte das Roß und ftob davon.

Was dänifch war, ihm nach, und auch der beftürzte
Heinrich Plöne, der Dänenfreund.

Der Karren mit dem „Mai" lag umgeftürzt im
Sand, und daneben oder drunter mancher von den
Lübifchen, der fich nicht rechtzeitig vor dem Dänenzorn
hatte davonmachen können, mit Beulen oder Wunden,
die Fauft oder Roffehuf ihm gefchlagen.

Die wurden hernach in die Stadt geholt, verpflegt und mit einem Schmerzensgeld getröstet. Was mit dem „Mai" ward, ob die Lübecker ihn auch noch hereingeholt und gefeiert haben, davon steht nichts in der Stadt-Chronik erzählt. Man hatte mehr zu tun, als Feste zu feiern.

Noch vor dem Mittagläuten berief der Bürgermeister den gesamten Rat zusammen. Er selbst saß ganz verstört und bleich auf seinem Stuhle. Und das kam nicht mehr vom zu vielen Pokulieren. Ihm war der Schrecken in die Glieder gefahren über das, was geschehen war und noch geschehen würde. Denn ihn hatten Alexander von Soltwedel und Nikolaus van Hoeveln nicht gefragt und ihm auch nichts vorher gesagt.

Als alle versammelt waren, bis eben auf den Plöne, hub der Bürgermeister an zu reden. Die goldene Amtskette tat er von sich und legte sie nieder auf den Tisch: „Männer von Lübeck! Weil ich sehe, daß Ihr gar nicht mich für Euren Bürgermeister achtet, sondern längst dem Worte eines andern folgt, der in Wahrheit Euer Meister ist, und weil ich fühle, daß ich in Zukunft nicht mehr dem schweren Amt gewachsen bin, so leg' ich's von mir, in die Hände dessen, dem es gebührt!"

Es widersprach ihm keiner. Und sie kürten an seiner Statt zum Bürgermeister Lübecks den, dem es einzig zukam: Alexander von Soltwedel. —

Der stand ernst, und ein tiefes Leuchten war in seinem Blick. Doch nicht das eines befriedigten Selbstgefühls. Vielmehr wie bei einem, der vorm

6*

Altar des Höchsten ein heiliges Gelübde tut. Und
es war auch ein Gelübde, da er jedem die Hand
drückte, nachdem er gesprochen: „Männer von Lübeck,
liebwerte Freunde! Ich nehm' es an. Ist wohl ein
schwer Werk, das ich begonnen. Aber so Gott und
die Heiligen es wollen und Ihr mir beisteht, so führe
ich's wohl zu gutem Ende!"

Es ging zwar bei dieser Bürgermeisterwahl nicht
zu, wie es Brauch und Ordnung war. Aber der
rechte Mann kam zur rechten Stunde an den rechten
Platz. So ist der Anfang großer Zeiten. Es gehört
freilich dazu, daß, wie es hier geschah, der Schwache
zu rechter Stunde Platz zu machen weiß, und der
Stärkere nicht achtet auf der Neider und Unverstän=
digen üble Reden.

Als nun alle auf ihn sahen, zog Alexander ein
Pergament hervor. „Lübeck ist frei, und will's Gott,
und leiht er uns Sieg in dem Kampfe, der nun folgt,
für allezeit des fremden Herrschers ledig. Nun heischt
es erste Weisheit, erste Pflicht, daß wir der größeren
Macht uns anschließen, der von Natur aus wir
angehören. Nicht bloß etwa den Pommern oder
Holsteinern oder den Schwerinern, obwohl wir deren
Brüderschaft im Kampfe suchen. Denn sie sind deut=
schen Bluts wie wir. Aber ich meine, deutscher Grund
gehört zum deutschen Reich! Wenn auch das Reich
in Tagen der Bedrängnis es dulden mußte, daß der
Fremde uns vom Mutterlande abriß. Dem Reiche
schließt sich Lübeck wieder an, als freie Stadt, die
nur dem Kaiser untertan sein will. In diesem
Pergament steht alles. So Ihr nun nach meinem

Rat beschließt und diese Schrift mit Eurer Unterschrift
und der Stadt Insiegel versehen wollt, soll heute noch
der Bote auf die Fahrt gehn zum Hof des Kaisers,
ihm Lübecks Huldigung und Treugelöbnis zu über=
bringen, ihm unsere Treue für das Reich, dem wir
von Geburt aus zugehören, kund zu tun und seinen
Schutz wider jeden Feind zu erbitten."

Da sprang Gottschalk Lune auf: „Ich habe Euch
einmal schweres Unrecht getan, Alexander, laßt's mich
gut machen! So Ihr mich für würdig genug erachtet,
ich will der Bote sein!" —

Es ward danach beschlossen und noch vieles mehr,
was not tat, und bis zum späten Abend waren die
Herrn beisammen, schwerer Sorgen voll. Jetzt begann
ja erst das wahrhaft Schwere. Denn Woldemar
würde wiederkommen, wie er im Zorn gelobt! —

7.

Was ist wohl wonniger, als eine Wanderung
im jungen Mai! Wenn durch den blauen Himmel
die weißen Wölklein segeln, und die Sonne scheint
so golden auf die lichtgrünen Saatfelder, darüber die
Lerchen jubilieren? Alle Wiesen sind so frisch und
alle Wasser so blank, und die Kirschbäume am Weg
und hinterm Gartenzaun stehn im Blütenschmuck!
Allein auch die lieblichste Wanderung macht schließlich
müde und will einmal ein Ende haben. Und Jürgen
Kahlefeld war zuletzt recht froh, als man ihm sagte,
die Türme hinter dem breiten Weiher seien die von
Schloß Schwerin. Denn müde war er sehr. Er
war nun schon ein paar Tage unterwegs und hatte

sich wenig Ruhe gegönnt. Es trieb ihn nicht so sehr seinem Ziele zu, um die Botschaft auszurichten, als es ihn doch wieder heimwärts zog gen Lübeck, denn dort würde sich gewiß nun allerlei ereignen, davon er Zeuge sein wollte, und wobei er mitzuwirken sich sehnte. Daß ihn am Ende die Schweriner Grafen, wie der Oheim gemeint, noch zu weiteren Botengängen benutzen würden, das wünschte er sich nicht und meinte auch nicht ganz mit Unrecht, die hätten Reisige genug.

Es war um die Mittagszeit, als er vor dem Schlosse ankam und dem Türmer, der ihn anrief, sagte er, er sei ein Feinschmied aus Lübeck und habe Auftrag, dem Grafen Heinrich selber sein Anliegen vorzutragen. Dem Türmer schien der Bote nicht ansehnlich genug, er meinte: „Für wandernde Hand= werksgesellen dürfte der hochedle Herr nicht zu sprechen sein. Hat zur Zeit Besseres vor, sind Gäste im Schloß und just bei der Tafel!"

„Laß mich nur ein," sprach Jürgen keck, „und melde es Deinem Herrn. Es dürfte dem nur unlieb sein, wenn er zu spät erführe, was ich zu künden ihm gesandt bin!" Es gab ein Reden hin und her, und Jürgen blieb zuletzt nichts anders übrig, als die Zierate vorzuweisen und zu sagen, daß er die bestellten abzuliefern gekommen sei. Darauf ließ der Torwart die Brücke herunter, hieß aber den Wanderburschen warten, bis er den Kämmerer gerufen habe. Dem jungen Gesellen ward das Warten sauer, wiewohl es mancherlei Neues für ihn zu schauen gab auf dem großen Burghof mit den schönen Gebäuden rings herum, zumal es recht lebhaft zuging dort. Eine

Gruppe Reisiger, die wohl aus dem Gefolge der Gäste sein mochte, saß unter der großen Linde um einen Eichentisch, den Freuden der Tafel hingegeben. Mägde gingen hin und her, sie bedienend, und Scherzworte fielen und auch eine handgreifliche Neckerei. Jürgen betrachtete die Ausrüstung der kriegerischen Gesellen, die seiner nicht achteten, und hätte nicht übel Lust gehabt, beim Tafeln mitzutun, denn er war hungrig und durstig. Zuerst aber wollte er sich seines Auftrages entledigen und war arg verdrießlich, daß man ihn hier so wenig freundlich aufnahm. Es währte geraume Weile, bis der Kämmerer in seiner bunten Hoftracht kam und den ihn halb spöttisch, halb verwundert musternden Knaben nach seinem Begehr fragte.

Dieser zog die Brauen hoch, nahm die dargewiesenen Schmiedearbeiten Jürgen aus der Hand und sagte sehr von oben herab: „Es ist gut, Gesell, ich werde Dir einen Knecht mitgeben, der Dich nach einer Herberge geleitet, und zu gelegener Stunde dem edlen Grafen das Schmiedewerk überreichen. Man wird Dich dann rufen, damit Du die Bezahlung in Empfang nehmest. So, wie Du bist, bestäubt von der Reise, würde es sich ohnehin nicht schicken, vor das Angesicht des erlauchten Herrn zu treten. Das dürfte für Dein Geschäft ja auch kaum vonnöten sein."

In Jürgen schwoll der Zorn hoch, er hob den Kopf und sagte laut und dreist: „Herr, ich werde nicht von hinnen gehn, bis Ihr Eurem Grafen gemeldet, daß ich als Bote aus Lübeck hier stehe und den Erlauchten sprechen muß, und sei ich noch

so beſtäubt und ein noch ſo hoher Gaſt bei ·dem
Grafen. Euer Herr dürfte wenig erfreut ſein, wenn
Ihr mich warten ließet und es hinterdrein übel
vormerken. Meldet mich und führt mich ſogleich zu
ihm. Oder meinet Ihr, es ſei nicht etwas Größeres,
um das ich ſtracks bei Tag und Nacht von Lübeck
bis hierher gewandert, als nur um die beſtellten
Spangen abzuliefern? Die hätten wohl liegen mögen,
bis der Graf ſie ſelber holen ließ."

Der Höfling maß ihn ſehr erſtaunt mit den Blicken
und wollte ihm ſcharf abweiſend antworten. Indeſſen
mochte es ihm wohl einleuchten, daß eine ſo weite
Botenfahrt wirklich noch dringendere Gründe haben
mochte, die der Graf verſtehen möchte, deshalb
erwiderte er nach kurzem Stillſchweigen:

„So weile hier und warte, ich werde dem erlauchten Grafen das Anliegen vortragen und es Dir ſagen,
wenn er Dich ſehen will. Du magſt Dich auf die
Bank dort ſetzen und Dir einen Trunk geben laſſen,
wenn Du ſo weit gewandert biſt." Er rief einer der
Mägde etwas zu, die ſogleich einen Becher Weins
für Jürgen brachte und ihn hieß, ſich an die eine
Bankecke zu den Kriegsleuten zu ſetzen.

Es verſtrichen indeſſen nur wenige Minuten, bis
der Kämmerer ſehr eilig wieder im Tor erſchien und
Jürgen winkte. „Du ſollſt ſogleich vor den Grafen
kommen," rief er mit einer Stimme, in der noch die
Verwunderung klang, die er darob empfand. Jürgen
lächelte nur befriedigt und triumphierend und ſchritt
hinter ihm drein, durch die Wölbung des Tores in
den Innenhof und über dieſen hinweg bis in das

Hauptgebäude. Durch eine schön gewölbte Halle schritten sie, vorüber an einer eichenen, mit künstlichem Schmiedewerk verzierten Türe, hinter der Stimmen vernehmbar waren und soeben ein lautes, dröhnendes Lachen erscholl. Ein Stücklein weiter öffnete der Kämmerer eine kleine Pforte, ließ Jürgen eintreten und sprach: „Harre allhier, der Erlauchte wird sogleich erscheinen!"

Damit ließ er Jürgen dann allein in einem niederen, rings mit dunklem Holz getäfelten Gemach. Der hatte kaum Zeit, sich darin umzusehen und einen Blick durch das in tiefer Nische liegende, weit offene Fensterlein hinaus nach dem sonnighellen See zu werfen, als in der Täfelung eine seinem Auge ver= borgen gewesene Pforte sich auftat und ein hoher, ritterlicher Herr mit bereits wenig ergrautem Haar und Bart eintrat, das Pförtlein hinter sich schließend — Graf Heinrich von Schwerin.

Züchtig neigte der Jüngling sich und stand dann bescheiden, die Anrede des Grafen erwartend. Der hatte ihn unterdessen mit dem Auge geprüft und sprach: „Einen gar jungen Boten sendet mir Lübeck. Das muß mich Wunder nehmen, da ich Wichtiges erwarte. Waren denn keine Männer in der Stadt, daß der hohe Rat einen Knaben entsandte?"

Die Geringschätzung, die in den Worten lag, verdroß Jürgen und gab ihm einen Teil seiner Keckheit zurück. „Die Männer von Lübeck, durch= lauchter Herr Graf, möchten zur Stunde Besseres zu schaffen haben, als das Land zu durchstreifen. Und auch die lübischen Jungen leisten das Ihre, wo es gilt. So dachte wohl auch mein Oheim, Alexander von Soltwedel, als er mir dies Pergament übergab und mich ermahnte, es in niemandes Hand, als in die Eure zu legen!" Und sich neigend, reichte er dem Grafen die Rolle, die dieser sogleich entfaltete, indem er lächelnd hinwarf: „Ei so, aus der Sippe der Soltwedel bist Du, mein Knabe? Das mag mir das Rätsel lösen?" Er schwieg und warf einen raschen Blick in das Schreiben, ward aber sogleich aufmerksamer und vertiefte sich darein. Seine Stirne rötete sich, die Augen begannen zu glühen und einmal lachte er triumphierend auf. „Hei," rief er, „gute Kunde! Hat Lübeck sich endlich aufgerafft und will die dänische Last von sich werfen?"

„Sie sind schon draußen, die Dänen," antwortete Jürgen mit innerer Befriedigung, „keiner war mehr in den Mauern, als ich mich in der Mainacht gen Schwerin aufmachte. Ich kann's beschwören, ich hab' selber mit Hand angelegt!"

Nun fragte der Graf, und Jürgen erzählte kurz, was geschehen war. Das schien den Herrn gewaltig zu erfreuen. „Wacker, Ihr Jungen! Von dem Lübecker Mairitt werden die Spielleute singen und sagen, solange Lübeck steht, und Woldemar mag an ihn denken, so gut wie an das Maienfest auf Lyve! Tut mir nur leid, daß ich nicht habe sein Gesicht sehen können, als er vergeblich an das Stadttor pochte. Denn —" seine Stirne umschattete sich einen Augenblick lang — „er wird ja doch vergebens angepocht haben?!"

„O, keine Sorge, Herr, die Lübischen hielten gute Wache!"

„Nun aber wird er bald mit dem Schwert anpochen, Lübeck hat recht, daß es dés gedenk ist, es wird ernst. Aber wir sind ja auch noch da. Wir, und noch andere! Warte, mein Knabe, Du sollst die Märe noch anderen gleich verkünden! Folge mir!"

Er stieß das Pförtlein wieder auf, durch das er eingetreten, und gab Jürgen einen Wink. „Vetter," rief er in den Saal hinein, in welchen das Pförtlein führte, und in den er jetzt rasch eintrat, „Vetter, eine Kunde, die ist auch für Euch!"

Die Worte galten einem Gaste, der auf dem Ehren= sitze an der Tafel saß, einem Ritter von fast riesiger Gestalt und offenbar sehr kriegerischem Sinn. Denn er hatte nicht einmal jetzt beim Mahle den dunklen Harnisch völlig abgelegt. Seine Erscheinung war gebietend, wie es die des Dänenkönigs war, doch zeigte sein Antlitz offenere Züge und seine blauen Augen hatten etwas so ehrlich Unbekümmertes, daß jeder fühlen mußte, in dieser Brust eines Riesen wohne das gute Gemüt eines Kindes.

Jürgen hatte ihn noch nie gesehen. Doch jener jün= gere Ritter, der weiter unten an der Tafel zwischen zwei anderen saß, der war ihm bekannt, er hatte ja erst vor kurzer Zeit im Hause des Oheims vorgesprochen; das war der Ritter Gudendorp. Von dem mußte er, daß er des Holsteiners Dienstmann war, und weil der fremde Riese die gleichen Farben am Waffenrocke trug wie jener, so war es klar, der Gast an des Schweriners Tische war niemand anders, als der

Herzog Alf von Holstein-Schauenburg, von dem die
Gräfin Maria ihm auch gesprochen. Wenn der Oheim
gemeint, daß er in des Schweriners Auftrag auch an
diesen noch Botschaft tragen sollte, so war er des jetzt
ledig, da er ihn schon hier traf!

„Nur heraus mit der Kunde, wenn es etwas Gutes
ist!" rief der Herzog, und seine Stimme dröhnte dabei,
daß es von den Wänden wiederklang. Da gab der
Graf Bescheid, und Jürgen Kahlefeld mußte vor so
vielen Ohren, vor dem Grafen Günzel von Schwerin,
dem Bruder Heinrichs, vor dessen Söhnen und den
beiden Holsteinern noch einmal die Ereignisse der
Lübecker Mainacht wiederholen. Denn auf der Gräfin
Frage: „Und wir Frauen? Da müssen wir wohl
weichen, wenn Ihr Männer ratet?" hatte der Graf
gesagt: „Ihr mögt es immerhin auch gleich vernehmen.
Wird ja ohnehin bald allerwege ruchbar sein."

Die Hörer lachten alle und riefen Beifall, am
lautesten aber wieder Herzog Alf. Die Gräfin aber
rief Jürgen zu sich heran und fragte ihn nach ihrer
Base, die, wie sie wußte, in der Soltwedel Hause
weilte. Da gedachte Jürgen des Briefleins, das ihm
Gräfin Maria übergeben und reichte es der Dame,
entledigte sich auch gleich noch des Auftrags, die
edlen Herrn von Holstein zu grüßen. Die Schloßfrau
aber sprach: „Und nun, mein Herr und Gemahl,
dünkt mich, solltet Ihr dem Boten Urlaub geben.
Er hat getreulich nach seiner Pflicht getan und soll
nun erst sich ruhen und erfrischen, er hat es not
nach seiner langen Mühe."

Da befahl der Graf, daß Jürgen in der Burg
Herberge finden solle und man es an nichts für ihn
fehlen lasse, bis morgen solle er raften, ehe er sich
auf den Rückweg mache, die Antwort der Schweriner
und Holsteiner zugleich nach Lübeck heimzutragen.

„Komm, mein wackrer Knabe," sprach die Gräfin
und erhob sich, ihren Frauen winkend, „wir wollen
selber für ihn sorgen. Ihr Männer haltet, wie ich
meine, nun wohl Kriegsrat und mögt dabei der
Frauen leicht entbehren! Du aber, mein Knabe, sollst
auch noch meinen Dank haben für die zierlichen und
schönen Dinge, die Dein Meister für uns gefertigt,
und später mir erzählen, wie meine Base bei Euch
lebte und wann sie heimzukehren denkt."

So hatte Jürgen Kahlefeld mit Glück und Ehren
seine Botenfahrt vollbracht und manches Gute und
Schöne für sich davon gehabt. Er übernachtete in
einer Grafenburg und bekam Speisen zu kosten, wie
das schlichte Lübecker Bürgerhaus sie niemals sah.
Er schlief auf weichem Pfühl und mußte zu der
Gräfin Füßen sitzen und erzählen, und der Kämmer=
ling, der ihn erst so hochmütig behandelt, war nun
eitel Süßigkeit. Aber es freute ihn doch, als am
andern Tage nach der Mittagszeit die Herren ihn
vor sich riefen, ihm die Pergamentrolle mit der Antwort
einhändigten und dazu ihm noch mündlich versicherten,
daß sie sich bereit halten wollten, in das Feld zu
ziehen, sobald Lübeck das Zeichen gab.

„Er wird so sehr nicht eilen, der Woldemar",
lachte Herzog Alf, „wie ich ihn kenne, sitzt er jetzt
wutkochend in seinem Schloß zu Kiel und sinnt, wie

er zugleich Lübeck strafe und sich an dessen Stelle
andere Verbündete gewinne. Wird ihm nicht leicht
sein, Ersatz zu finden, Lübeck war der Schlüssel zu
Euer Liebden Landen. Gegen die war's wohl zu
allererst gemeint!"

„Wir wissen, Vetter, es geht ums Ganze und
wird ein schwerer Streit. Und Woldemar weiß, daß
wir solches wissen. Drum wird er, darin habt Ihr
recht, sein rasches Wüten zähmen und mit Bedacht
und List zu Werke gehn. An uns ist es, daß wir
das Gleiche tun und fest und treu zu Lübeck stehen.
Dessen darf die wack're Stadt zu aller Zeit gewiß sein!"

Was die Herren sonst noch untereinander sprachen,
hörte Jürgen Kahlefeld nicht mehr, weil er Urlaub
nahm und eiliger noch, als er gekommen, von dannen
strebte. Er nahm den Bescheid hinweg, wie er nicht
anders erwartet worden war, denn Lübecks und
Schwerins Geschick hingen diesmal eines von dem
andern ab. Er war im Herzen fröhlich über den
Bescheid, und noch um einer andern Ursach' willen —
das ehrfurchtsvolle Grausen, das des Dänenkönigs
Erscheinung in ihm geweckt und ihm den Sinn
beschwert gehabt, war von ihm gewichen in der
Gewißheit, daß es ähnlicher Helden mehr gab, die
nun auf Lübecks Seite standen. Und der große
Reichtum der Schweriner Grafen, von dem er im
Schlosse zu Schwerin so mancherlei Zeugnis gesehen,
flößte ihm Vertrauen und Bewunderung ein. Mochte
der Däne nun an Rache denken, das nahm sein
Knabensinn nicht schwer. Die Lübecker würden schon
mit ihm fertig werden.

So eilte er denn ungebuldig seine Straße, damit er nicht etwa gar zu viel von dem versäumen möchte, was unterdes daheim sich zutragen mochte. Etwas freilich versäumte er dennoch. Das war der feierliche Augenblick, da Agnete von Soltwedel dem Nikolaus van Hoeveln verlobt ward.

Der war selber gekommen, als sein eigener Frei=werber, noch am Tage der Bürgermeisterwahl, und diesmal nicht vergebens. Der Verspruch des jungen Paares ward abgehalten, aber für die Ver=mählung blieb der alte Beding noch aufrecht. Erst mußte Lübecks Freiheit fest und gesichert sein. Agnete schwamm trotz alledem in Seligkeit. Und noch jemand im Haus zur Sonne war, bei dem in diesen Stunden ernster Sorge das Gefühl des Glückes über=wog, das war Frau Ursula. Stolz auf den Sohn und die Hoffnung, daß ihres Daseins Sehnsucht bald erfüllt, die Heimat frei werden sollte vom Joch der Fremdherrschaft, das war bei ihr der Quell des Glücksgefühls.

So war denn wirklich im Haus zur Sonne mehr Sonnenschein, als ehedem und auch ein ungewöhnlich reges Leben. Das war ein Kommen und Gehen, ein Hin und Her — denn mannigfach war das Geschäft des neuen Lübecker Bürgermeisters. Er war wenig daheim, und war er's, so hatten viele allerlei Rat und Bescheid bei ihm zu holen, kamen mit Klagen oder Botschaften über Geschehenes, mit Fragen über das, was zu geschehen habe. In der Werkstatt war er selten, aber er wies den Jürgen an, fleißig zu schmieden an den Ringlein für die

Kettenhemden und wies ihm in einer freien Stunde, wie er sie zusammen zu schweißen hätte. „Gelingt Dir die Arbeit wohl, so spreche ich Dich als Geselle frei. Auch darfst Du mir nicht müßig sein, wer weiß, wie bald wir zwei den Panzer brauchen!"

Das war nun freilich kein eigentlich Gesellenstück für einen Feinschmied. Allein Alexander von Soltwedel, der Feinschmied von Lübeck, hatte es vorausgesehen, daß die Zeit nahe war, wo es für Feinschmiede nichts, wohl aber für Grobschmiede und den Meister Waffen= schmied um so mehr zu schaffen geben würde. In der Stadt sah es schon an dem Tage, als Jürgen von seinem Botengange heimkam, gar kriegerisch aus. Die Dänen hatten sie aus der Burg herausgesetzt. Dafür lagen darin geworbene Söldner, und Bruno von Warendorp, ein vielerfahrener Kriegsmann, war ihr Hauptmann. Den hatte die Stadt mit seinen Leuten in Sold genommen, und zwar aus zwiefacher Ursach'. Den Handelsschiffen, die, meist mit Salz beladen, in See gehen wollten, mußten immer einige Soldknechte zum Schutze mitgegeben werden. Denn, wie im voraus zu sehn gewesen, hatten die Dänen nun den Travemünder Sperrturm besetzt und suchten den Lübeckern mit Waffengewalt den Ausweg auf das Meer zu hemmen. Und mit zahlreichen, kleinen, kriegerisch bemannten Barken hatten sie einen Seekrieg wider die Lübecker Schiffe begonnen, die nun nur noch mit Mühe ihre Fahrten antreten konnten und sich wider die Feinde auf denselben wehren mußten. — Da gab es manchen Schaden an Schiffen und Ladung und zagherzige Bürger genug, die deswegen

schalten und heimlich murrten, wie unklug und wie
sehr zum Schaden der Stadt es doch gewesen sei,
mit den Dänen zu brechen, die doch nun einmal die
Macht besaßen, zu schaden.

Die so murrten und klagten, waren freilich mehr
die Alten. Die Jugend war um so froher und lebendiger.
Hei, was war das für eine Lust, abends, wenn die
Vesperglocke läutete, aus Gewölbe und Werkstatt
hinauszugehen auf den Burgplan, kriegerisch angetan
ein jeder, denn unter der Leitung des Burghaupt=
manns übten sich alle die Jungen im Waffenhandwerk.
Sie wollten lieber mit für Lübecks Freiheit fechten,
wenn die Stunde da sein würde.

*　　*　　*

Im Rathause saßen sie wieder einmal zusammen,
die Lübecker Getreuen um ihren Bürgermeister.
Rasch waren sie gerufen worden, dieweil Kunde
eingetroffen war von Bremen. Willkommene Bot=
schaft, insofern, als die Bremenser ihre Hilfe zusagten
Aber zugleich mußte der Bote etwas zu berichten,
was den Lübischen minder erfreulich zu vernehmen
war. Die Mienen waren denn auch finster:

„Der Lüneburger wider uns, im Bunde mit den
Dänen? Heinrichs des Löwen Sohn?!"

„Das wird arg lästig sein für uns. Werden die
Lüneburger uns kein Salz mehr liefern. Ist ohnedem
schon schwierig worden mit dem Handel jetzt, nun
wird er ganz liegen bleiben!"

„Kriegszeit, Ihr Herrn, da ist's nicht anders,
wir werden überwinden."

„Das sagt Ihr — aber wen es trifft . . ."

„Ich meine, es trifft uns alle gleich und ist weiter nichts darüber zu reden. Gut, daß wir der Bremer Zusage haben. Die von Pommern kam ja schon, und ich sollte meinen, wir verfügen schon über eine gar stattliche Macht. Läßt uns der Däne nur bis zum neuen Lenze Frist, so dürfen wir des Sieges gewärtig sein, so die Heiligen mit uns sind."

„Der Bote des Kaisers steht noch aus, der Lune ist noch nicht zurück."

„Es ist ein weiter Weg bis zu des Kaisers Majestät. Aber es tut nicht not, auf diese Botschaft noch zu warten. Wenn wir bereit sind und der Feind anrückt, so schaffen wir's auch ohne den Kaiser, wie wir es bisher geschafft. Noch eines will ich indes versuchen — ob wir die Dithmarschen, die nur der Gewalt sich unterwarfen, nicht auf unsere Seite bringen."

Er brach ab und auch die andern horchten. Durchdringend und grell erklang von draußen her der Ton einer Glocke, immer lauter und dringender. „Die Sturmglocke? Was ist geschehen?"

Auf der Gasse erscholl jetzt Geschrei, und da kam auch schon der Ratsknecht und meldete: „Ein lübisches Schiff in Fährnis, draußen auf der See, die Dänen lassen es nicht durch und es kann nicht herein — sie läuten Sturm, damit die Mannschaft ausrückt, den Unsern zu Hilfe!"

„Ein lübisches Schiff auf der Heimfahrt, das nicht herein kann? Sollte das am Ende meines Bruders Kogge sein?"

Der Rat war schon halb auseinander gelaufen, und Alexander folgte, auch den Saal verlassend, auf die Gasse. Schon sammelten sich die Söldner, und wer von der jungen Bürgerschaft genügend im Waffenwerk geübt war, die Junker van Hoeveln, Brömser und Fredenshagen darunter.

„Es ist der Soltwedel Schiff, das in Bedrängnis ist", rief Nikolaus. „Da will ich nimmer fehlen. Wir schaffen es herein und wenn die Dänen auch die Hölle wider uns loslassen!"

„Sorget vor allem, daß die Schiffsmannschaft gerettet werde. Wichtiger sind der Menschen Leben als die Waren aus dem Moskowiterland."

„Wir werden unsere eigene Haut nicht minder zu schützen wissen, als die der Wölfe und Bären", lachte Nikolaus.

Sie hatten aber diesmal mehr versprochen, die Jungen, als sie halten konnten. Es war nicht nur die dänische Besatzung auf dem Sperrturm, die dem Schiff die Einfahrt wehrte. Wenn auch kein feindlicher Soldknecht seine Pfeile oder Bolzen auf die Schiffer gerichtet hätte, so wären sie nimmer mit ihrer Kogge in die Trave gekommen; denn die Durchfahrt war unmöglich. In der Nacht vorher hatten die Dänen eine schwer mit Steinen befrachtete Barke versenkt, die sperrte nun die Schiffahrt, verschloß den Lübischen das Meer. Schiff und Fracht fiel den Dänen in die Hände. Die Mannschaft wurde herausgehauen und durch kecke Schwimmer aus der Stadt, durch die eigene Schwimmkunst, ans rettende Ufer gebracht. Doch kostete es mehr als ein Leben und manche Beule oder Wunde.

Die Schiffahrt war ein für allemal gesperrt! Denn das versenkte Fahrzeug zu heben, war so nahe am Sperrturm von seiten der Lübecker unmöglich! Die ganze Stadt war in heller Erregung und Sorge, und lautes Jammern, Klagen und Verwünschungen drangen an des Bürgermeisters Ohr. Der ging mit gefurchter Stirn umher und saß am späten Abend noch grübelnd in der Werkstatt, indessen seine Finger emsig arbeiteten. Jürgen saß neben ihm, auch mit der Arbeit beschäftigt, und sah verstohlen auf den Nachdenklichen hin. Endlich brachte er heraus: „Ich wüßte wohl, wie wir an das Meer kämen, und kein Däne könnte uns dran hindern."

Alexanders Auge begegnete dem des Jungen, und er fragte kurz: „Hat der Lehrling die gleichen Gedanken, wie sein Meister? Es dürfte ein schwer und langwierig Werk werden und mancher sich dawider sträuben!"

Doch erwiderte Jürgen: „Eia, Herr Ohm, wozu seid Ihr jetzt der Bürgermeister? Zeigt es doch und befehlt, und wer sich sträubt, den zwingt Ihr eben! Ist doch fürs gemeine Wohl, und Hacken und Schaufeln sind in jedem Haus. Was soll's so gar schwer und langwierig sein? Graben kann auch schon ein Bub' oder gar ein jung' Maidlein, und auch die Alten können's noch!"

„Bist ja gewaltig schnell bei der Hand mit Heischen und Planen!"

„Bin ein lübischer Junge, Herr Ohm!"

Alexander war aufgestanden und klopfte ihm die Schulter. In seinem ernsten Gesicht stand ein Lächeln: „Wo die Jungen so mutig denken und kräftig zugreifen wollen, um die Gemeine hat es keine Not, sie mag getrost den Feinden trutzen. Mögen sie denn schwan= ken und zaudern, die Alten, so will ich alles mit der Jugend Hilfe wagen! — Doch es ist spät, leg' das Ringgeflecht beiseite und geh zur Ruh'. Morgen aber mit Sonnenaufgang sollst Du mich begleiten bei einem Gange um die Stadt.“

Der Torwächter mochte sich in der Frühe des nächsten Tages nicht wenig wundern, was den hoch= ehrsamen Herrn Bürgermeister schon in der Nebelfeuchte vor dem Tore zu lustwandeln trieb, ohne jede Begleitung irgend eines Ratsmannen, allein mit der eines schlan= ken, fast noch knabenhaften Jünglings. Aber der Soltwedel war immer ein Eigener, und niemand konnte vorher wissen, was er dachte und wollte.

Das meinten auch die Herren vom Rat, als ihnen bei der Morgensitzung der Bürgermeister seinen Plan entwickelte, wie man es anfangen könnte, des Dänen feindliche Absichten, durch die Schiffahrtssperre. den Handel Lübecks lahm zu legen, die Stadt im kommen= den Kampfe völlig von der See abzuschneiden, zu begegnen und unschädlich zu machen. Es galt nur, eine neue Zufahrtstraße, abseits der bisherigen und unerreichbar für die Dänen, vom Sperrturm aus zu graben und auszumauern, vom Hafen bis an das Gestade des Meeres.

Es war flaches Gelände zu durchstechen. Aber rasch beschließen, gleich Hand anzulegen hieß es, sollte das Werk zur rechten Stunde vollendet sein und seinen Zweck erfüllen.

Es gab Sturm und viele heftige Widerrede. Wer würde seinen Acker, seine Wiese preisgeben und in einen wassergefüllten Kanal verwandeln lassen, davon er selber wenig Nutzen hatte? Woher sollte man die vielen Arbeiter nehmen, die zu solchem großen Werk vonnöten waren, und womit sie bezahlen?

Der Bürgermeister war darauf gefaßt gewesen und gab klar und ruhig seine Erwiderung, ließ sich von keinem Zweifelsüchtigen beirren. Wiesen und Aecker konnte man sich allerorts von neuem schaffen, brauchte deren jetzt minder nötig, als die Kanäle. Soweit das Gelände der Stadtgemeinde eigen war, bedurfte es nur des Beschlusses, und wo ein einzelner Besitzer geschädigt würde, sollte ihm der Kaufpreis aus dem Stadtsäckel gezahlt werden, und er sollte nicht widersprechen dürfen. Und wer die Kanäle graben sollte? Lübecks Bürger mit eigener Hand! Jeder, der Kraft genug besaß, Mann oder Weib, sollte, sobald die Arbeit in Haus, Gewölb und Rat getan war, zur Schaufel oder Hacke oder zum Schubkarren greifen und noch ein, zwei Stunden täglich oder länger, wenn es anging, an der neuen Schiffahrtsstraße schaffen, ohne Ansehen von Rang und Stand und Alter, nur die Schwachen und Kranken und die kleinen Kinder nicht.

Da zog wohl noch einer oder der andere ein Gesicht, aber zu widersprechen wagte am Ende niemand mehr. Denn Heinz von der Wtsche war der erste,

der aufsprang, auf den Tisch schlug, daß es dröhnte
und laut rief: „Bei allen Heiligen, ja, so soll es sein!
Und wer noch dawider ist, und sich zu schad' dünkt,
der ist ein Hundsfott und Verräter und mag zu den
Dänen gehn. Das sag ich ihm hier ins Gesicht!"

Ein Verräter wollte keiner sein. So ward denn
nach des Bürgermeisters Vorschlag abgestimmt und
beschlossen. Und der Torwart konnte sich selbigen
Vormittags noch einmal verwundern, daß der gesamte
Rat unter Führung des Bürgermeisters durchs Tor
hinaus ging nach dem Hafen zu und den gleichen
Weg einschlug, den der Letztgenannte schon in der
Frühe mit seinem Neffen einmal gemacht hatte. Die
Herren besichtigten das Gelände für die neuen Kanäle.
Tags darauf ward damit begonnen, dasselbe ab-
zustecken und abzumessen. Und dann ging der Rats-
bote durch alle Gassen und machte bekannt, daß jeder
Hausvater nach der Vesper sich mit einem Spaten
auf dem Markte einzustellen habe. Noch vor Sonnen-
untergang zog alles hinaus, und der Bürgermeister
selber tat den ersten Spatenstich in der Mitte der
bezeichneten Strecke, dem Hafen zu, und arbeitete im
Schweiße seines Angesichts bis in die Dunkelheit.
Er tat es um des guten Beispiels willen, und es
hat denn auch so gewirkt, obgleich er selber anderes
zu tun hatte und nur zuweilen hinkam, zu sehen,
wie das Werk gedieh. Es ward jedem Bürger die
Zeit festgesetzt, daß er zur Mitarbeit verpflichtet war
und alles so geordnet, daß bei Tag und Nacht ge-
arbeitet werden konnte, solange nicht der Frost daran
hinderte, und wer nicht grub, der karrte den Sand

beiseite ober tat andere Handlangerdienste. Die Uebun-
gen im Waffenhandwerk durften darum doch nicht
vernachlässigt werden. Noch ein anderes notwendiges
Geschäft des Tages, was vielleicht in dieser arbeits-
schweren Zeit etwas zu kurz kam, das war das
Beten. Den alten Weibern und Kindern blieb das
zur Messegehen überlassen. Aber die Heiligen im
Himmel und der Herrgott selber werden es wohl nicht
so genau genommen haben, denn Arbeit und Schaffen
für einen großen Zweck ist ja auch ein Gebet.

Auch die Gräfin Maria von Schwerin, die immer
noch Gast im Hause zur Sonne war, hatte ihre Arbeit
zu dieser Zeit, wenn sie auch nicht zum Graben Hand
anlegte. Sie saß eifrig über ihrem Stickrahmen,
darin ein köstlich Seidengewebe gespannt war, und
unter ihren fleißigen, geschickten Händen entstand ein
herrlich Wunderwerk, das Bildnis der heiligen Jungfrau Maria mit dem Jesuskinde. Sie stickte ein
neues Banner für die Lübecker, das im Freiheits-
kampf der Streiterschar voranflattern und sie unter
dem Schutz dieser Heiligen zum Siege führen sollte.
Die junge Agnete half ihr bei dem künstlichen Nadel-
werk, wenn sie auch viel lieber an ihrem Brautlinnen
genäht hätte. Aber Frau Ursula hatte gesagt: „Erst
Hand anlegen für Lübecks Heil und Gedeihen, dann
für das eigene!"

Als dann das große Werk vollendet war, der
Bürgermeister wieder den letzten Spatenstich an dem
fertigen Kanal getan, wie vordem den ersten, und
das Wasser rauschend vom Meere in das neue,
ihm geöffnete Bette sich ergoß, da tönte lauter Heil-

ruf aus hunderten von Kehlen, und alle Augen leuch=
teten helle in Zukunftshoffnung. Bald ward die
neue Wasserstraße durch ein Schiff, das vom Hafen
aus sie durchfuhr, erprobt und recht gefunden. Und
die Lübecker Fischer, die so lange ihr Handwerk
hatten müssen ruhen lassen, durften nun wieder all=
abendlich ihrem Gewerbe nachfahren. Die Dänen
aber, die bis dahin höhnend gemeint, daß sie den
Lübischen die Fische arg rar gemacht, ärgerten sich
nicht wenig, daß der Sperrturm und das versenkte
Schiff in der Trave nun ein für allemal ihren Zweck
verfehlt hatten.

Zum Festefeiern, des vollendeten Werkes wegen,
blieb den Lübeckern indessen nicht mehr Zeit. Als das
neue Frühjahr kam, hieß es sich zum Entscheidungs=
kampf zu rüsten. Das Heer der Bundesgenossen war
beisammen: Die Schweriner, die Pommern, die Sach=
sen, Holsteiner und Bremenser hielten zu Lübeck.
Herzog Alf aber führte außer seiner eigenen Schar
noch dreihundert kaiserliche Reiter ins Feld.

Da schnallte auch der Bürgermeister Alexander
von Soltwedel den Panzer um, und der junge Jürgen
Kahlefeld, der kürzlich vom Lehrling zum Gesellen
ernannt worden war, desgleichen. In der Peters=
kirche war das neue Banner, das Gräfin Maria
gestiftet, geweiht worden, und Jürgen sollte der Banner=
träger sein. Alles, was Kraft hatte, zog mit hinaus.
Der Stadthauptmann hatte den Oberbefehl über seine
Söldner wie über die lübischen Bürger, und die
Jungmannschaft, deren Banner ja Jürgen trug, ward
von Nikolaus van Hoeveln geführt. Von Geschlech=

tern und Gewerken, alle waren sie dabei, die Knochenhauer zu Rosse gleich Rittern, und der von der Wische
an ihrer Spitze. Trugen die einen Schwerter und
Spieße, so die andern Armbrust oder Bogen und
Pfeile. Nur die Alten und Schwachen blieben, und
auch Johannes von Soltwedel. Denn der sollte daheim
als des Bruders Stellvertreter das Bürgermeisteramt
verwalten.

Es gab viel Tränen bei den zurückbleibenden
Frauen und Mädchen. Auch Agnete hatte beim
Abschied von ihrem Nikolaus geweint, der aber lachte
nur: „Freue Dich, Agnetelein, wenn ich heimkehre,
läuten für Dich und mich die Hochzeitsglocken!" Er
war in seinem Herzen sich des Sieges gewiß.

Frau Ursula aber weinte nicht. Ihr Auge strahlte,
als sie sich über ihren Sohn neigte, der vor ihr
niederkniete: „Euren Segen, Mutter, vor dem Scheiden!
Es gilt Lübeck und die Freiheit!"

Sie legte die Hand auf seinen Scheitel und sprach:
„Kämpfe und siege, mein Sohn Alexander! Gottes
Arm wird Dich beschirmen!"

Als er sich dann erhob, stand neben der Mutter
eine andere Frauengestalt, zart und lieblich. Ein
Antlitz, draus zwei meertiefe, graue Augen seltsam
leuchtend auf ihn blickten, ein Mund, um den ein
schwermütiges Lächeln schwebte. Und dieser Mund
sprach zu ihm: „Von Frauendienst und Frauengunst
wollt ihr ja zwar nichts wissen, Alexander. Dennoch
bitte ich Euch heute, nehmt von mir an als ein Zeichen,
daß auch mein Gebet Euch begleitet, dieses Band,
das meine Farbe trägt. Seht, ich stickte darein, wie

in das Banner, das Bildnis der Jungfrau Maria
mit dem Kinde. Es sei gleich wie ein heiliger Zauber,
der Euch beschützen soll beim Kampfe. Und ich bitt'
Euch, nehmt's zugleich als Angedenken für die Zeit,
daß ich Euch nicht mehr sehen werde. Ich selber trage
ja als solch ein Angedenken an Euch die zierliche
Gürtelschließe, die Eure Künstlerhand geschmiedet."
Und sie legte das rosafarbene Band um seine Schulter.

Ein seltsam Schauern, wie er es nie zuvor gekannt,
durchrann ihn, als Gräfin Maria ihn mit der Hand
berührte. Sie sprach weiter: „Und wenn Ihr von
ungefähr im Kampfe meine Ohme und Vettern seht
und auch den Ritter Guldendorp, so grüßt sie von
Maria von Schwerin. Mich reut's, daß ich kein
Mann bin. Sonst zöge ich mit aus, des deutschen
Nordens Freiheit zu erstreiten!"

Er hatte den Schauer überwunden und auch einen
raschen Antrieb, als müsse er sich vor ihr neigen und
ihre Hand an seine Lippen drücken. Er sagte nur:
„Ich danke Euch, edle Gräfin, ich will Eure Gabe
in Ehren halten. Und den Auftrag an die Herren
werde ich bald ausrichten können. Lebt wohl —
und — so es Gottes Güte fügt, ein fröhlich Wieder-
sehn im freien Lande!"

Danach, als alle zum Tore hinausgezogen waren,
ward es still in Lübeck, und stille auch im Hause zur
Sonne. Agnetes Mädchenlachen war verstummt im
Bangen um den Verlobten. Frau Ursula war immer
wortkarg gewesen, jetzt war sie es noch mehr. Herr
Johannes war selten daheim, er hatte ja des Bruders

Geschäfte zu besorgen, und alle die jungen Leute vom
Handel und Gesinde waren fort.

Gräfin Maria aber hatte gerade jetzt ein heißes
Verlangen ausgesprochen, ihr gastliches Obdach zu
verlassen, zu ihrer Base nach der Boytzenburg zu
gehen, wohin diese sich zurückgezogen während des
kommenden Krieges. Herr Johannes wollte den Gast
in so unsicheren Zeiten nicht ziehen lassen, aber Gräfin
Maria hörte nicht seine Warnungen und Bitten.
Endlich willigte er ein, bat sie aber, die Begleitung
des alten Knechts Peter Sölle anzunehmen, und das
ließ sie zu und trat unter seinem Schutze ihre Reise
an. In Wahrheit indessen trieb es sie nicht zu ihrer
Base, sondern sie wollte nur dem Orte des Kampfes
nahe sein, die Entscheidung mit erleben.

8.

Nahe der Grenze Holsteins war es, bei Bornhöfte,
da trafen die deutschen Scharen zusammen mit dem
gewaltigen Heere des Dänenkönigs.

Dem hatte sich sein ältester Sohn, der Herzog von
Schleswig, angeschlossen, dazu der Welfe, Heinrichs
des Löwen Sohn mit den Lüneburgern, und, wenn=
gleich gezwungenermaßen, die Dithmarschen, die Lübecks
Boten unsanft zurückgewiesen hatten.

Es war ein Julitag. Die grelle Sonne stand dem
Dänenheere im Rücken, den Deutschen aber fielen
ihre Strahlen blendend in die Augen. So hatte
Woldemar von Anfang an die bessere Stellung auf
dem Schlachtfelde inne. Dazu kam ihm die Erfahrung
vieler Kriege zu Hilfe, die Ueberzahl der Streiter

und der Ruhm des Danebrog, von dem alles Volk, auch unter den Gegnern, glaubte, daß er ihm einst aus den Wolken gesendet worden war. Von Anfang an stand die deutsche Sache wenig günstig.

Es war ein heißer Tag, und bald ward auch das Ringen beider Heere heiß und immer heißer. Die Deutschen hielten sich alle miteinander wacker, auch die kampfungewohnten Städtischen. Der Herzog Alf von Holstein=Schauenburg, der wie ein Vorzeitrecke die andern überragte und überall im dichtesten Gedränge auftauchte, tat wahre Wunder der Tapferkeit. Und dennoch drangen die Dänen vor.

Schon verblutete die Hälfte von Herzog Alfs dreihundert kaiserlichen Streitern auf dem Heidesand. Woldemars Sohn, der Schleswiger, wollte im Feindesblut die Schande langer Kerkershaft abwaschen, die er mit dem Vater gemeinsam hatte tragen müssen. Er drang mit seiner Schar auf die Lübecker ein, und die Jungmannschaft hatte harte Mühe, ihr Banner zu schützen. Schon mußte die Nachhut des deutschen Heeres, die Pommern und Bremenser, eingreifen, und auch das schien umsonst zu sein, die Wage des Sieges schien sich Woldemar zu neigen.

Gerade nach der Stelle, wo Lübecks Streitfahne umdrängt von seinen Bürgern, ragte, flogen die Bolzen und Pfeile hageldicht. Wohl prallte manches Geschoß an Sturmkappe oder Schild ab, aber manches traf und raffte ein Leben dahin, oder schlug schmerzende Wunden und machte einen Streiter kampfunfähig. Der erste unter Lübecks Bürgern, der seinen Kampfesmut mit dem Leben büßte, war der wackere Heinz von der Wische. An der Spitze seiner Reiterschar, der Knochenhauergesellen, war er keck vorwärts auf die Feinde eingedrungen und hatte um sich gehauen wie ein Ritter, bis ihn der Speer eines Feindes dahinstreckte und sein lediges Roß, von Entsetzen gejagt, sich flüchtend rückwärts kehrte und manchen der Gesellen wider seinen Willen in die Flucht mitriß. Der Hauptmann von Warendorp setzte seine Soldknechte ein und suchte Luft zu schaffen, die vorgedrungenen Schleswiger zurückzutreiben, hinter ihm die Bürgerschaft. Hin und her wogte der Kampf. Da begann der Hagel der Geschosse, Gerd Frebenshagen fiel an Nikolaus van Hoevelns Seite. Ein Bolzen traf des Bürgermeisters Schulter, drang durch des Ringpanzers Maschen und hakte sich im Fleische fest. Alexander zog ihn heraus, biß nur die Zähne aufeinander und stand im Gedränge, bereit, den ersten Gegner, der herankommen würde, mit dem Streitkolben zu erschlagen. Rasch suchte sein Auge das Stadtpanier — noch flatterte es, aber die Woge ging rückwärts — er selber wurde mitgerissen. Da, plötzlich ward neben ihm eine Leere — seine beiden Nebenkämpfer, rechts wie links, sie stürzten, getroffen, im gleichen Augenblick. —

Das Banner? Noch wehte es — da aber — es schwirrte wieder in der Luft von Pfeilen — das Banner wankte in der Rechten des Getroffenen, Zusammensinkenden — es fiel —. Ein Schrei gellte durch die Reihen — war alles verloren? Vor ihnen dänische Rufe: „Sankt Olaf und der Sieg — —"

Auch drüben beim Flügel der Schweriner, der Holsteiner, ein Weichen, Flüchten — Verloren der Freiheit gerechte Sache? —

Da, auf einmal — seltsam klingt, was die Chronik von Lübeck zu berichten weiß: „Auf einmal, mitten im Getümmel wurde eine Stille."

Da kniete, vom Roß gesprungen und das Haupt entblößt, der Schauenburger auf dem Grunde und hob die Hände himmelan: „Heiliger Gott, ich übergebe mich in Demut Deiner Gnade! Hilf Du mir die Feinde überwinden, so will ich Dir zu Ehren Kirchen bauen, mich dem Irdischen begeben und in ein Kloster gehen. Gib uns Deutschen Sieg, Herr Gott im Himmel!"*)

Es war ein erschütternd Bild für Freunde und Feinde.

Und da kniete auch Lübecks Bürgermeister und mit ihm die Ratsgenossen: „Hilf du uns, Maria, hohe Himmelskönigin! Hilf uns die Freiheit retten! So soll die Zwingburg fallen, und wo sie stand, ein Kloster und eine Kirche sich erheben zu Ehren Dir und Sankt Magdalenen!" — —

Was vorging, konnte Wolbemar auf seinem Standort nicht erspähen. Nur, daß ein Stocken war im Kampf. Gebieterisch trieb er zum Vorwärtsdringen an. Aber die Dänen hielten wie gelähmt, und ein

---

*) Anmerkung: Das Gebet des Herzogs Alf sowie der Lübecker während der Schlacht ist geschichtliche Ueberlieferung. Sogar der niederdeutsche Text des Alf'schen Gebets wird aufgeführt.

Ruf des Grauens ging durch ihre Reihen: „Ein
Zeichen, ein Zeichen!"

Das Zeichen hatten die Deutschen auch gesehen.
Selbst Jürgen Kahlefeld, den Nikolaus van Hoeveln
stützte, da er, vom Bolzen in den Arm getroffen,
sinken gewollt, und der nach kurzer Ohnmacht eben
die Besinnung wieder erhielt und taumelnd das Auge
auftat, über den Himmel irren ließ. Und da rief er,
mit einem Schrei der Hoffnung: „Maria! Seht, sie
breitet den Mantel über uns! Maria, hilf zum Siege!"

Am Himmel stand, weit über sein Blau sich dehnend
eine große Wolke. Die deckte das grelle Sonnen-
licht, das so lange blendend den deutschen Kämpfern
den klaren Blick gehindert, ihr Vordringen gelähmt.
Und es war, als werfe das Wolkendunkel nun jenes
grelle Licht zurück aufs Angesicht der Feinde.

Da jauchzte es durch das deutsche Heer: „Vorwärts
zum Siege!"

„Maria!" Herr Alexander hatte sich erhoben und
sah auch himmelan. Doch stand ihm plötzlich in
diesem Augenblicke vor der Seele nicht die Himmlische,
vielmehr ein irdisch Weib, das Antlitz mit schwermuts-
vollem Lächeln überhaucht, mit Augen, tief und leuchtend wie des Meeres Grau. Und jener Schauer wie
in der Abschiedsstunde überlief ihn.

Schon aber straffte er sich wieder und schüttelte
die Regung ab. „Lübeck und die Freiheit!" rief er
laut und stürmte vorwärts, hinter ihm das Banner
hoch erhoben, Nikolaus van Hoeveln, der es an des
Verwundeten Statt ergriffen hatte.

Und das Zeichen und Wunder, nun geschah es. Das Schicksal wandte sich, die Dänen wichen.

In deren Hintertreffen standen die Dithmarschen. Die rief Woldemar zum Eingreifen an. Und sie drangen vor — allein nicht für Woldemar — gegen ihn! Gegen den verhaßten Zwingherrn!

Da war es aus!

Auf dem Rönsberg hielt Woldemar mit wenigen Getreuen. Um ihn brandete die Flucht. Verzweifelt, rasend hieb er auf die Flüchtigen ein, sie in den Kampf zurückzutreiben: „Hunde, daß Ihr flieht! Steht, Memmen!" Vergebens. Der Strom riß ihn selber mit sich fort.

Da traf aus der Verfolger Reihen ein Bolzen ihn ins Auge. In wildem Schmerze hob er die Hand an das blutende, dessen Licht mit dem Blute dahinrann. Sein Roß, unruhig steigend, ward von einem zweiten Geschoß getroffen, stürzte, begrub den Reiter unter sich. Mit wildem Siegesgeschrei stürmten die Feinde näher: „Gib dich Dänenkönig!"

Des Schwertners Stimme? Noch einmal in Tod= feindes Hand? Eher sterben!

Aber noch ist es nicht so weit. Seine Getreuen werfen sich vor ihn. Einer reißt ihn mit starker Faust auf ein neues Roß, und, selbst mit aufspringend, in wilder Flucht den Halbbetäubten fort, querfeldein, dem Waldrand zu — — — —

Zwischen Sumpf und Sand, auf einem kleinen Horst, der sich in die Heide zieht, liegen im Schatten alter Eichen die verstreuten Blockhütten eines kleinen Dorfes. Bis hierher trägt die Luft den Lärm der

Schlacht. Und wer am Hang des Hügels unter der ersten Eiche steht, kann auch hinausschauen in die Ferne auf das wirbelnde Gewoge, das Hin und Her der Massen, die sich durcheinander, übereinander wälzen gleich sturmzerwühlten Meereswogen. Das Blitzen der Waffen, das Fliegen der Pfeile und Bolzen, selbst die Banner, die hoch über den Kämpfenden flattern, kann ein gutes Auge erkennen, und wohl auch eine einzelne Gestalt, ragend oder sich lösend aus der Flut der übrigen.

„Peter Sölle, siehst du Lübecks Banner noch?"

„Wohl, Fraue, eben noch. Jetzt nicht. Es war ganz hinten. Aber seht die fürchtig große, schwarze Wolke, es wird ein Wetter geben, und ihr solltet unter Dach — —"

Bleich vor Erregung lehnt Maria von Schwerin im dunklen, weiten Reisemantel am Eichenstamm. Ihre Augen brennen. Sie gibt nicht Antwort, starrt angestrengt und atemlos auf das ferne Gewühl der Schlacht. „Peter Sölle, siehst du den Danebrog?"

„Der weht ja mitten inne. Jetzt weicht er rück= wärts. Jetzt ist er weg. — Ich seh' ihn nimmer. — Fraue, Fraue, kommt unter Dach! — Die Reiter — seht — sie jagen auf uns zu —"

„Wie sie jauchzen, das sind die Unsern! Sieg, Sieg und Freiheit!"

Ihr vorhin blasses Antlitz glüht. Was kümmern sie die Fliehenden, was die Verfolger? Der Sieg ist ja auf Lübecks Seite!

Aber der Knecht hat Recht gehabt, und ängstlich zieht er sie am Mantel. „Bergt Euch, Fraue! Dem

Peter Sölle geht es nimmer gut, wenn Frau Urfula erfährt, es wäre Euch was geschehn! Ihr habt es freilich gewollt, und ich mußte gehorchen! — — Frau, — o, Fraue!" Er schreit es und rennt selbst davon vor dem Anblick.

Zwei Reiter, gehetzt, in rasendem Ritt, auf einem Roß. Der eine davon blutend, die Fauft in die Mähne des Tieres gekrampft, halb nur auf demselben hängend.

Da blickt Maria auf, denn vor den Eichen machen die wilden Reiter Halt. Ab springt der Zweite, sieht verstört um sich, nach Deckung suchend. Nur wenige hundert Schuhe hinter ihm nahen die Verfolger.

„Haha, Klas Halland — König Woldemar?! So Euch sehen, Wonne und Seligkeit!"

Da hat Klas Halland das Weib im Mantel gesehen und erkannt. „Hölle und Teufel — mein schönes Weibchen! Das nenne ich guten Fang! Der wiegt die verlorene Schlacht wohl auf! Heiho, mit auf zur Fahrt!"

Das Roß mit seinem andern Reiter, die Gefahren witternd, die vom Rücken her ihm drohen, keucht zitternd weiter, hinein ins Walddickicht. Klas Halland aber reißt das Weib empor, es an sich pressend, schleppt das wild sich sträubende, hinweg. Gell schreit Maria auf.

Da sind die Verfolger schon heran. Als vorderste zwei Ritter, einer in dunkler Rüstung mit geschlossenem Visier, der hinter ihm in offenem Helmsturz.

„Maria," schreit der, „Freiheit! Steht, Halland, wehrt Euch! — Herr" dies zu dem Dunklen, „laßt ihn meinem Schwert — ich hab's gelobt!"

8*

„Gelübde muß man halten,“ lacht der Dunkle. „Ich suche einen andern!“ Und er jagt den Flüchtlingen nach ins Waldesdunkel.

Taumelnd sinkt Maria aus Klas Hallands Arm zur Erde, lehnt sich taumelnd dann an den Eichen= stamm, starrt mit halb irren Blicken auf die zwei, die vor ihr in Todesgrimm die Schwerter kreuzen. Sie zittert, Halland ist riesenstark, ist ungestüm und wild. Dem andern aber stählt die Liebe zu der Kindheitsgenossin wohl den Arm.

Ein Fluch, ein Wutschrei — Halland fällt — hebt aber noch im Stürzen den Arm zu einem letzten Stoß — —

Warum jauchzt Maria nun nicht auf in gestillter Racheluft? Sie hat ja nun, was sie ersehnt: Tot liegt Klas Halland, der Verhaßte, vor ihr im Heidesand.

Sie sieht nicht auf ihn hin, nur auf den Sieger. Der steht noch einen Augenblick, die Rechte auf die Brust pressend. Dann wankt er, sinkt — —

Die Freunde, die eben nahen, heben ihn auf, tragen ihn ins erste Haus, betten ihn auf Stroh nahe der Herdstatt. Maria kniet neben ihm, neigt sich zu ihm: „Detlev Gudendorp, mein lieber Trautgesell!“

Da regt er sich. Die Augen öffnen sich, ein strahlend Leuchten geht über sein Gesicht: „Maria — ich brach — Deine Fesseln — Du bist — frei —“

Dann schließen sich die Augen. Ein feiner Blut= strahl bricht über die Lippen, rieselt langsam auf ein rosenfarbenes Band, das über seiner Brust ruht —

Weinend kniet Maria von Schwerin neben dem Leichnam dessen, der ihre Fesseln brach. —

Wo aber blieb der erste Ritter, der in der dunklen Rüstung?

Das flüchtige Roß mit dem schwerwunden König suchte schnaubend, zitternd sich die Bahn, bis es nicht weiter konnte. Die Bohlen eines Holzzauns hemmten ihm den Weg. Verzweifelnd, halb bewußtlos, hielt sich kaum der Reiter noch.

Da kam es von hinten an ihn heran. Eine Hand legte sich schwer auf seine Schulter: „Folgt mir, König Woldemar!"

Der fuhr auf: „Wohin? Gib mir den letzten Streich! Eh' sterben, als gefangen!" —

„Held Woldemar soll weder sterben noch gefangen sein!" klang es zurück. Die Hand löste sich, faßte das flüchtige Roß am Zügel, riß es mit sich fort.

„Wohin? fragte noch einmal, heiser und kraftlos, Woldemar.

„An Eures Reiches Grenze."

Und der Unbekannte führte den Besiegten mit sich, am Quell ihn labend, im nächtlichen Walde seiner Erschöpfung Schlummer hütend, und weiter in haftigem Ritt durch Nacht und Tag, bis er zu Kiel vor seines Schlosses Toren hielt. Als die sich aufgetan und König Woldemar, schwer wund und fiebernd, aber frei und lebend einzog, der Retter sein Tier zum Scheiden wandte, fragte Woldemar: „Soll ich nicht wissen, wem ich danken muß?"

Da lüftete der Fremde schweigend das Visier.

Der Däne fuhr zurück:

„Ihr — Alf von Schauenburg?!" —

Der aber lachte, gab dem Roß den Sporen und stob von dannen.

So hat die Sage ihren bunten Kranz geflochten um das Bild der Bornhöfter Freiheitsschlacht. Glänzender aber noch ist der Ruhmes- und Ehrenkranz, den die Geschichte Lübecks und der deutschen Ostseeküste um jenen Namen schlang.

Die Stadt war frei, und das Gestade blieb es auch viele hundert Jahre lang. Das Dänenjoch war für immer abgeworfen, die Dänenmacht gebrochen.

Ein herrliches Denkmal dieses Freiheitskampfes ragt noch heute mitten in der Stadt, die Kirche Sankt Marien, Lübecks schönstes Gotteshaus, errichtet zum Preise der Himmlischen an der gleichen Stätte, die vordem die Zwingburg trug. So lösten Lübecks Bürger ihr Gelübde. Wie auch Herzog Alf das tat, der wirklich der Welt entsagte, und ein Klosterbruder ward; obwohl er später als solcher doch noch öfter, wenn es nottat, die Kutte mit dem Panzer und das Gebetbuch mit dem Schwert vertauschte.

Im Kloster Sankt Maria und Magdalena, das neben dem Gotteshause gebaut ward und lange vor diesem vollendet war, waltete als Aebtissin Gräfin Maria von Schwerin, nachdem sie lange vorher schon den Schleier genommen. Jungfrau Agnetes Hochzeit mit ihrem Nikolaus van Höveln war das letzte weltliche Freudenfest, bei dem sie noch im höfischen Gewande als Ehrengast zugegen war.

Das war nun freilich auch ein Fest, wie man es in Lübeck seit Menschengedenken nicht gesehen hatte, denn es galt ja auch zugleich dem Siege von Bornhöfte und der errungenen Freiheit.

Manch einer freilich, der sich darauf gefreut hatte, durfte es nicht mehr mitmachen, dieweil er, wie Gerd Frebenshagen, nicht mehr mit eingezogen war in die Heimatstadt. Und andre, so der Bräutigam selber trugen noch frisch vernarbte Wunden, oder gar den Wundverband. Auch der jugendliche Brautführer, Jürgen Kahlefeld, der seinen alten Wunsch endlich erfüllt sah, den er vormals zu Agnete geäußert, hatte nur die eine Hand frei, die andere hing noch in der Schlinge, und so fröhlich er auch ausschaute, ein wenig blaß sah er noch immer drein. Aber beim fröhlichen Trunk und Mahl, beim Reigen hielt er doch wacker aus, wie einer der Alten. Drei Tage währte das Schmausen und Pokulieren, die Musika und der Reigen, und ganz Lübeck nahm dran teil auf Kosten nicht nur der Soltwedels, sondern auch derer van Höveln, zumal die Armen gingen nicht leer aus. Die, welche Trauer hatten um die Gefallenen, vergaßen derselben in diesen festlichen Tagen, die zwiefach ersetzten, was an den Maienfesten der letzten Jahre dem Volke an Lustbarkeit nicht zuteil geworden war. Dann aber kehrte endlich wieder die stete Arbeit ein in den Häusern Lübecks, und auch die junge Frau Agnete übernahm ihr Hausfrauenamt. Jürgen Kahle= feld saß bald wieder in der Werkstatt im Hause zur Sonne und schmiedete, hämmerte, feilte, grub und zeichnete, wie es gerade das Feinwerk erheischte, das er zu fertigen hatte. Hieß er auch noch Gesell, so war er doch der eigentliche Feinschmied, denn nur

felten, und nur sich selber zur Freude und Erholuug
übte Alexander von Soltwedel seine angelernte Kunst,
und auch das nur noch so lange, bis Jürgen seine
Gesellenzeit vollendet, ein wenig sich in der Fremde
umgetan und dann als junger Meister die Werkstatt
des Oheims völlig übernehmen konnte.

So war es im Hause der Sonne denn noch stiller
geworden als vordem, seit Agnete vermählt, der vor-
nehme Gast für immer fortgezogen und auch Jürgen
seine Wanderschaft angetreten hatte. Und erst später,
wenn die Erstgenannte ihre Kindlein zu Vater und
Ahne führte, und als auch der junge Meister Jürgen
sich eine Lebensgefährtin gewonnen, füllte wieder
Jugendlachen die alten Räume. Frau Ursula hatte
ihre Herbheit verloren und es neu gelernt, mit den
Jungen fröhlich zu sein. Aufrecht und strack, trotz
ihres Alters, führte sie im Hause das Regiment wie
vordem.

Niemand von ihrem Kreise hat erfahren oder es
nur begriffen, was den wertgehaltenen, hohen Gast
von einst, Maria von Schwerin, bewog, den Freuden
der Erde zu entsagen, obwohl sie ja nun doch ihre
Freiheit wieder hatte. Sie hat es keinem je verraten.
War es nur das Beispiel ihres Vetters, des Recken
Alf von Holstein-Schauenburg? War es um den Tod
des Jugendgespielen Detlev Gudendorp? Oder, weil
in ihrer Seele das Bild noch eines Mannes lebte,
den sie nie gewinnen konnte, dieweil nach den An-
schauungen jener Tage und ihres Standes eine un-
endliche Kluft zwischen ihrem und seinem Lebenswege
gähnte — und er zudem wohl niemals ahnte, daß

er nur die Hand ausstrecken durfte, um ein Glück
und eine Ehre zu gewinnen, um die seine Mitbürger
ihn noch mehr beneidet hätten, als sie es taten um
der Würden und Bürden willen, die er ohnedem
schon trug!

Der rastlos tätige Bürgermeister von Lübeck hatte
in seinem Leben keinen Raum für Frauenminne.
Sein Sein und Denken gehörte ganz dem Wohle
seiner Vaterstadt. Vermorschend hing in einem Winkel
der Rüstkammer auf dem Rathaus unter rostigem
Panzer ein rosafarbenes Band mit dem eingestickten
Bilde der Jungfrau Maria mit dem Kinde. Den
Panzer hat Alexander von Soltwedel in seinem ganzen,
langen Leben nicht mehr anzulegen brauchen. Es
blieb Friede, solange er seines Amtes waltete.

Herrlich erblühte in der Folge Lübeck unter dem
Schutze des Reiches, der ihr samt der Reichsfreiheit
gewährt worden war durch den Dank und die Huld
Kaiser Friedrichs des Zweiten, im Privileg von
Parma und Borgo San Domino. Die Lübecker
sagten, das alles kam von dem Tage bei Bornhöfte.

Und doch war der Maienaufgangsmorgen für
Lübecks Freiheit und für Lübecks Größe wohl in
Wahrheit jener Maienmorgen des Jahres 1225, an
dem es entschlossen an dem Joch des fremden Herr=
schers rüttelte, da die kecke Jugend und der Feinschmied
von Lübeck gemeinsam die erste Hand zur Befreiung
geregt.

Das 700=Jahrfest dieser Reichsfreiheit feierte Lübeck
im Jahre 1926.

Ende.

Christoph
Wolframs Fall und Buße.

Erzählung von Florentine Gebhardt.

Kreidebleich und zähneklappernd stand Margarete, die Pfarrersmagd, vor ihrer Herrin. „Ach, das Unglück. Frau, das Unglück! Nun ist es aus und gar mit uns allen, wenn unser Herrgott nicht ein Wunder an uns tut!"

„Nun stell nur erst deinen Wäschekorb nieder, Margret. Und dann sprich, was ist geschehen?"

„Sie sind — da. Im Saganschen sind sie all — und nach Eckardsdorf zu uns kommen sie nächstens ganz gewiß," keuchte die Magd.

„Wer? Was?"

„Die Seligmacher, die Katholischen. Der Landeshauptmann selber dabei, der Gabner. — —"

Die Pfarrerin erschrak auch, aber sie bewahrte ihre Ruhe noch. „Wer hat das gesagt? Woher willst du das wissen?"

Die andern alle, die auch waren bei der Bake Wäsche spülen. Der Müller, der zu Markt war in Sagan, hat es selber mit eigenen Augen gesehen, wie sie eingezogen sind, ihrer eine ganz Schar.

Reiter, schwer bewaffnet hinter der Fahne mit dem Kreuz und der Maria. Und Pfaffen auch darunter, von den Jesuwitern welche, hat der Müller gesagt. Und wer nicht gleich das Kreuz geschlagen hat und ist in die Knie gefallen von den Leuten auf der Straße, auf den haben die Reiter losgeschlagen und geflucht und gedroht: Ho, wir lehren euch noch das richtige Beten, verdammte Ketzerbrut. Und der Müller ist noch mit genauer Not davongekommen."

"In Sagan?" wiederholte die Pfarrfrau. "Was will das besagen? Da sind sie ja daheim, die Jesu=witer, und da haben sie Rückhalt beim Bischof. Zu uns aufs Land kommen sie nicht, also magst dich beruhigen, Margret. Leg nur das Linnen aus zur Bleiche." —

"Aber der Müller hot es gesagt."

"Jeglicher weiß, daß der Müller ein ängstlich Gemüt hat. Wir vertrauen ja doch noch auf unseren Herrgott, Margret."

So gar ruhig, wie die Pfarrfrau tat, war sie im Grund ihres Herzens doch nicht, wegen ihres Mannes. Die evangelischen Pfarrer waren am aller=erstern bedroht, und sie kannte ihren Eheherrn und wußte, auch er war kein Held. Ein demütiger Mann, zaghaften Gemüts, oft von Zweifeln geplagt, mildherzig gegen die Armen bis zur Verschwendung fast, und dabei ein hochgelehrter Theolog. Wenn er erfuhr, daß die Prüfung, die anderwärts schon seit geraumer Zeit über die Anhänger der reinen Lehre hereingebrochen war, nun auch die Lausitz heimsuchte und näher und näher kam — in welche Aengste

würde er geraten um seiner bedrängten Gemeinde
willen! Ob sie das Gerücht ihm noch verschwieg?
Aber hören würde er es doch, und besser, aus ihrem
Munde, als aus anderem, dieweil sie ihm Mut
zusprechen konnte. Frau Elisabeth war ein beherztes
Weib.

Der Prediger der evangelischen Gemeinde zu
Eckardsdorf, Christoph Wolfram, saß in seiner
Studierstube, als Frau Elisabeth bei ihm eintrat.
Er schrieb an seiner Predigt für den kommenden
Sonntag, und er merkte gleich, daß es etwas von
Wichtigkeit sein müsse, was seine Hausfrau zu ihm
führte. Sie störte ihn nicht gern in der Arbeit. Und
daß es etwas Ernsthaftes war, sah er ihrem Gesicht
an, so sehr sie diesem seinen heiteren Ausdruck zu be=
wahren versuchte. Unruhe spiegelte sich in seinen
Zügen. Seit die wilde Kriegsfurie im Lande hauste
und die rohen Söldnerscharen verschiedenster Völker
einander ablösten im Brandschatzen von Dorf und
Stadt — wer war da noch sicher vor allstündlich
dräuendem Unheil?

Der Frage, die auf seinen Lippen schwebte, kam
Frau Elisabeth zuvor. Kurz meldete sie ihm das
Gerücht, das die Margret von der Bake mitgebracht.

Er erschrak noch heftiger, als sie vorher gefürchtet.

„Die Seligmacher?" rief er, blaß werdend und
vom Sessel aufspringend. „Und Gabner führt sie,
der Renegat? Dann sei der Herr uns allen gnädig

„Ich hoffe auf des Allerhöchsten Gnade und hege
keinerlei Furcht," entgegnete sie. „Nur kund tun
wollte ich Euch, mein lieber Herr, was in kommenden

Wochen vielleicht auch uns hier bedräuen könnte, damit Ihr mit den Aeltesten der Gemeinde beraten könnet, wie dem Uebel zu begegnen, wenn es sich auch uns nahen sollte."

„So gewiß einer Sache ärgste Feinde allemal die sind, so ihr einstens angehörten und die Treue brachen, wie der ehemalige Lutheraner, der Landes= hauptmann Gabner, so gewiß wird die Fährnis auch über uns hereinbrechen. Meinst du, er wird an uns vorüber gehen, dieweilen unsere Gemeinde nur klein ist? Nein, es ist, wie die Schrift sagt, der höllische Feind geht brüllend umher und siehet, welchen er verschlinget. Ich will noch heutigen Tages die Aeltesten zusammenrufen und den Müller auch be= stellen, damit er uns alles genau melde. Und dann wollen wir überlegen, wie dem Uebel zu begegnen sei. Ich fürchte, wir werden ohnmächtig dazu sein."

„Ohnmächtig, lieber Herr?" widersprach sie. „Wenn wir uns rüsten mit dem Schild des Glaubens? Wer will uns etwas anhaben, so der Herr mit uns ist?"

„Groß Macht und viel List sein grausam Rüstung ist, auf Erd ist nicht seins gleichen, so sang selbst Martinus Luther. Und nicht jeder ist ein Held wie er."

„Aber Gott ist auch in dem Schwachen mächtig, lieber Herr. Zu Zagen ist kein Ursach. Nur Rat zu halten. Die Margret mag den Glöckner rufen, daß Ihr ihn durch das Dorf schickt."

Es waren lauter ernste Gesichter, die man beim Rat der Gemeindeältesten sah. Das Gerücht hatte alle gleich beunruhigt. Man wußte, wie die Selig=

macher anderwärts vorgegangen waren. Wo Ueber=
redung und Bestechung nicht half, die Lutherischen
abspenstig zu machen, da schritt man zur Gewalt.
Auf die Kinder, die Buben sonderlich, hatte man es
abgesehen, die wollte man trennen von den Eltern,
um sie in die Klöster zu sperren und katholisch
erziehen zu lassen, um so die evangelische Lehre
gänzlich auszurotten. Dennoch nahmen sich die
Eckardsdorfer vor, fest im Glauben zu bleiben,
wenn der Pfarrer treu zu ihnen hielte. Der Mut
der Gemeindeältesten stärkte den Christoph Wolframs,
und feierlich gelobte er, bei ihnen zu stehen, es sei
denn, daß man ihn gewaltsam hinwegschleppe, und
eher zu sterben, als den Glauben zu lassen.

Aber die Kinder? Man beschloß, soweit
man Verwandte in den ganz lutherischen Gegenden,
zu denen die Stadt Sorau gehörte, sitzen hatte, die
Kinder und vielleicht auch die Frauen in deren
Obhut zu schicken, bis das Wetter vorüber gezogen
sei. Und gab einander die Hand darauf, daß man
eher mit Weib und Kind die Heimat, als den
Glauben lassen wolle.

Und jeden Abend wollte der Prediger in der
kleinen Kirche mit seiner Gemeinde bei Gesang und
Gebet sich Kraft zum ausharren und Widerstand
holen. Frau Elisabeth wollte nichts davon hören,
daß sie ihren Eheherrn verlassen und gen Sorau
ziehen sollte, wo selbst ihre Tochter an den Gräflichen
Rentmeister verheiratet war. Ihr Sohn war schon
auf der hohen Schule zu Wittenberg. Hatte sie so
lange gute und böse Tage mit ihm geteilt, und der

letzteren nicht wenig in der harten Kriegszeit, so wollte sie bei ihm ausharren, was auch kommen würde.

Als sie dann aber wirklich kam, die erste Anfechtung, geschah es, daß sie nicht zugegen war. Die Pfarrfrau eines jungen Nachbargeistlichen lag in Kindesnöten, da war sie gerufen worden, zu helfen, und sie tat es gern. Denn gerade dieses Tages versah man sich keinen Ueberfalls. Zwar kamen alle Tage dunkle und wilde Gerüchte aus Sagan über Vergewaltigung der dortigen Evangelischen. Aber von den Dörfern hatte man noch nichts derartiges gehört. Und Eckardsdorf war nicht einer der nächsten Orte. An diesem Morgen aber, — das Wäglein, das die Pfarrfrau abgeholt, war kaum eine gute Stunde fort — erhub sich um die Mittagszeit auf der Gasse ein gewaltiger Lärm. Als der Prediger aus dem Fensterlein lugte, sah er drei bewaffnete Reiter dahersprengen, begleitet von einem Kuttenträger, gerade auf das Pfarrhaus zu. Das sind sie! durchfuhr es ihn. Ihm, dem Pfarrer der Evangelischen, galt gewiß ihr erster Besuch. Er erschrak, daß er zitterte: „Herr, steh mir bei, gib mir Kraft zu Widerstand!" schrie es in ihm. Er kannte sich. Er wußte, bei ihm hieß es auch: „Der Geist ist willig, aber das Fleisch ist schwach". Und er war allein, den Vieren gegenüber, den Trägern roher Gewalt — und mehr noch dem der geistlichen Ueberredungskunst! „Sich mit dem Schild des Glaubens wappnen!" hatte sein kluges Weib gesagt. Ja, das war das Einzige, was seinen Mut hoch halten konnte. — Beten und Singen! — Nichts ging über

ein geiſtlich Lied. Das war noch immer ſein Troſt=
und Stärkungsmittel geweſen. Und mit bebender
Hand griff er nach der Laute an der Wand, nahm
ſie, ſetzte ſich in ſeinen Lehnſtuhl und hub zu ſingen
an, während doch ſein Ohr dem abbrechenden Huf=
ſchlag vor ſeinem Hauſe lauſchte und den Schritten,
die auf der Schwelle in der Diele klangen — dem
Knarren der heftig aufſtoßenden Tür.

    „Ich lieg' im Streit und widerſtreb.

    Hilf du, Herr Gott, dem Schwachen —"

Er ſang und ſang mit wachſender Leidenſchaft
und Inbrunſt. Seine Stimme tönte laut durch das
Haus und ward ſo der Wegweiſer für die unerbetenen
Gäſte. Er ſang und ſang, unentwegt, wiewohl er
wußte, daß hinter ihm der Feind und Bedränger
ſtand. Sehen konnte er die Eingetretenen nicht,
dieweil er das Haupt abſichtlich abgekehrt hielt und
mit ſtarren, immer mehr von innerer Glut erhellten
Augen geradeaus vor ſich hin ſah. Er ſang Strophe
um Strophe und ohne ſich irre machen zu laſſen
durch das ungeduldige Poltern, Scharren und
Murmeln hinter ſich, bis eine harte Fauſt ſich ſchwer
auf ſeine Schulter legte und eine rauhe Stimme ihn
anſchrie: „Hör Er endlich auf mit ſeinem Gegröle,
alter Narr! Iſt Er taub und blind, daß er nicht
merkt, es ſind Gäſte in ſeinem Hauſe?"

Da war aber die Kraft des Kirchenliedes ſchon
in ſeine Seele eingedrungen, daß er völlig gefaßt ſich
erheben und den Eindringlingen ins Geſicht ſehen
konnte. Er ſtand nur zweien gegenüber, dem Kutten=
träger und dem Landeshauptmann, die beiden andern

Reiter waren vor dem Hause geblieben, wohl um Wache zu halten.

Ruhig legte er die Laute hin, und ruhig entgegnete er dem Hauptmann: „Mit Verlaub, Euer Gnaden, ich hatte eine Zwiesprach mit unserm Herrgott, und der geht allen Menschen vor, und wenn der groß= mächtigste Herr Kaiser selber käme."

Der Kuttenträger schlug das Kreuz und murmelte etwas von „keßerischer Lästerung." Der Kriegsmann aber sagte spöttisch: „Wir müssen Euch schon in Eurer Zwiesprach stören. Unsere Zeit ist kurz. Ihr seid der Keßerpriester Christoph Wolfram?"

„Wenn ihr den Prediger der lutherischen Gemeinde dieses Ortes sucht — der bin ich. Was ist Euer Begehr?"

Ein Pergament mit dem Kaiserlichen Insiegel ward ihm entgegengestreckt. „Les er das!" Und nun zitterte seine Rechte doch, die das Blatt hielt, als seine Augen es durchflogen. Da stand es uner= bittlich, Schwarz auf Weiß, daß nicht allein Seine Heiligkeit der Papst als der Stellvertreter Gottes auf Erden, daß auch des Deutschen Kaisers Majestät willens sei, mit aller Strenge die abtrünnigen Glieder der alleinseligmachenden Kirche wieder in deren Arme zurückzuführen und die Sünde der Keßerei auszurotten.

Er atmete schwer. Aber sein Blick war fest: „Unser aller Sein steht in des Herrn Hand. Habt Ihr auch die Gewalt über Leib und Leben — Seele und Seligkeit möget Ihr uns nicht rauben und nicht unsern heiligen Glauben. Ich weiß mich eins mit meiner Gemeinde in dem festen Willen, um der

reinen Lehre willen allen Anfechtungen zu wider=
stehen. Brauchet Eure Gewalt, so es Euch lüstet."

Jetzt ergriff der Kuttenträger das Wort anstelle
des ob Wolframs Antwort aufbrausenden Kriegs=
mannes.

„Nicht Gewalt zu brauchen oder Euch Leib und
Leben zu bedrohen, sind wir gekommen. Wir hätten
uns dann wohl gerüstet mit größerer weltlicher Macht,
und nicht Euer Haus als das erste betreten. Euch
rühmt man als einen besonnenen, verständigen
Mann. Und Eure Aufgabe wird es sein, auf die,
so Eurem Wort zu folgen willig sind, einzuwirken — —„

Wolfram unterbrach ihn: „Was sinnet Ihr mir
an? Ich, der ich die Verantwortung trage an dem
Seelenheil meiner Herde, ich soll sie überreden zu
Abfall und Treubruch an ihrem Herrn und Heiland —"

„Genug der Reden," schrie der Hauptmann.
„Man wird Euch zu zwingen wissen!" Doch wieder
legte der geistliche Begleiter begütigend die Hand auf
seine Schulter. „Keine Drohungen, Gabner! Nicht
einschüchtern wollen wir, nicht Märtyrer machen.
Mit Güte wollen wir die Verirrten zur Mutter
heimführen, statt sie mit Strenge zu scheuchen." Und
er wandte sich Wolfram zu: „Gehet in Euch, es
wird Euer Schade nicht sein und Euren Freunden
werdet Ihr nützen. Wir verlassen Euch heute; aber
wir kehren wieder. Inzwischen werdet Ihr Zeit
haben, mit den Leuten zu sprechen, mit Euch selbst
zu Rate zu gehen!" Er trat zurück, dem Hauptmann
etwas zuraunend, das „von zwecklosem Drängen
heute" sprach, dieweil der Ketzer seinen Starrsinn

durch das Lied vorhin gestärkt. „Wir kommen wieder zu gelegener Zeit," wiederholte er mit seiner sanften, schmeichelnden Stimme, und der Hauptmann wiederholte die Worte. Aber er hob die geballte Faust drohend, und ein unterdrückter Fluch folgte seinen Worten. Dann waren sie hinaus. Draußen klang der Huffschlag von neuem auf und verhallte allmählich. Wolfram stand und starrte schier entgeistert auf die Tür, durch die seine Bedränger so seltsam schnell entschwunden, ohne daß das gefürchtete schreckliche Unheil schon über ihn gekommen war. Und als der Klang der Rossehufe in der Ferne verhallt war, da fiel er auf seine Knie und dankte Gott, daß er ihn noch einmal vor dem Schlimmsten bewahrt.

Auf den Knien fanden ihn die Dörfler, die bestürzt herbeigeeilt kamen, da sie von dem Besuch der Schrecklichen im Pfarrhause vernommen. Und alsbald hielt man in aller Eile einen Rat. Das Unheil war da, und wenngleich es sich heute noch nicht entladen, so war es doch gewiß, daß es sie nicht unverschont lassen würde. Wie ein Wunder Gottes freilich schien es, herniedergerufen durch die Gebetskraft des geistlichen Liedes, daß die Verfolger der evangelischen Lehre sich so sanftmütiglich gezeigt und noch nicht Gewalt gebraucht. Aber jeglicher war der Meinung seines Geistlichen, der da sagte: „Es ist mit ihnen, wie die Schrift sagt von den falschen Propheten. Sie gehen einher in Schafskleidern, inwendig aber sind sie reißende Wölfe."

Und sie gelobten einander, die Gelübde von vordem zu halten, zu wachen und fest zu stehen im

Glauben, männlich und stark zu sein. Nur die
Weiber, die Kinder in Sicherheit zu bringen, daß
man sie ihnen nicht entreißen könne. Frau Elisabeth
aber, als sie heimgekehrt vernahm, in welcher Bedrängnis ihr Eheherr sich befunden, tat, wie ihr Gatte getan.
Sie dankte Gott auf den Knien, daß er Wolfram
die Kraft zum Widerstand verliehen. „Wir wollen
jeglichen Abend und jeglichen Morgen unser Gebet
erneuern, daß der Herr uns seinen Beistand leihe,
den Kampf zu. bestehen bis zum Ende zu des
Höchsten Ehre!"

<h2 style="text-align:center">2.</h2>

Allein, es war seltsam. Die Tage reihten sich
aneinander zu Wochen, die Wochen wurden Monde,
und der gefürchtete Besuch hatte sich nicht wiederholt.
Das Jahr ging zu Ende, und die Eckardsdorfer
blieben verschont von den Jesuiten, die sonst in der
Lausitz durch List und Gewalt manchen Erfolg zu
verzeichnen hatten und langsam vordrangen. Hatte
man dies Dorf gerade vergessen? Es schien fast so
und — die Bevölkerung atmete auf. Der stolze
Kampfesmut, mit dem man sich gewappnet, fing
zu erlahmen an, und den Gerüchten von außen her
begann man mit wachsendem Zweifel zu begegnen.
Die Leute übertrieben, so gar arg, wie es immer hieß,
waren die Katholischen nicht; nur die Furchtsamen
ließen sich von ihnen unterkriegen. Vor den Pfaffen
brauchte man Weiber und Kinder nicht zu bergen.
Wenn nicht nötig war, daß man es tat vor den
Söldnerschwärmen, die mit dem kommenden Frühjahr

das Land zu überziehen begannen. Die Kaiserlichen, geführt von dem mächtigen Wallenstein, zogen in Sagan ein, und die ganze Umgegend ward überschwemmt mit dem übermütigen, herrischen und rohen Soldatenvolk. Und ein Morgen kam, da sahen die Eckardsdorfer mit Staunen und Grauen Regiment auf Regiment der Kaiserlichen durch ihre Gasse ziehen, im Marsch auf das Lager bei Sagan. In Zucht und Ordnung, denn der Wallensteiner hielt insgemein leiblich strenge Disziplin, und noch war es früh und keiner trunken. Oder machten das die Pfaffen, die im Troß folgten in einem besonderen Wagen, kurz vor dem Reiterfähnlein, das die Nachhut bildete? Seit wann waren des Wallensteiners Leute so fromm, daß sie so vieler Priester bedurften?

Und plötzlich — was war das?

Am Ausgang des Dorfes machte dies Fähnlein auf einmal Halt.

Ein Befehl dazu schien von den Priestern ausgegangen zu sein, denn der Dorfhirte, dessen Hüttlein das letzte im Orte war, hatte genau von seinem Fensterlein aus gesehen, wie ein hochgewachsener Mann im Priestergewand sich zum Wäglein hinausgebeugt hatte, den Reitern etwas zuzurufen, wie deren Führer zu ihm herangeritten war und in eherbietiger Haltung Befehle entgegennahm. Dann fuhr der Wagen weiter, die Reiter aber machten Kehrt und sprengten im Galopp die Gasse zurück bis zum Anger, daran das Kirchlein mit dem Friedhof und dem Pfarrhause lag, bei welchem sie vorhin vorübergeritten waren. Einem schmutzigen Dorfbuben, der ihnen in die

Quere lief, schrie der Führer zu, auf das strohgedeckte Haus bei der Kirche deutend: „Wohnt da euer Ketzerpfaff?"

Der Bube schüttelte zwar den Kopf, weil er den Sinn der Frage nicht begriffen hatte, aber er antwortete: „Nee, das Haus da is dem Pfarra seins." Und im nächsten Augenblick hatte die Abteilung Pfarrhaus, Kirche und Friedhof umzingelt; der Führer mit zwei handfesten Begleitern drang ins Haus und rief gebieterisch nach dem Ketzerpriester. Mit bebenden Knien stürzte Wolfram herbei und fragte nach dem Begehr.

„Macht Euch bereit, uns gen Sagan zu folgen," gebot der Eindringling. „Befehl des Grafen von Wallenstein."

„Was kann der hochgebietende Graf von meiner geringen Person wollen?" wagte Wolfram zitternd einzuwenden. Allein der Krieger ließ ihm keine Zeit zu Gegenreden. „Wird er sich fügen oder nicht? Sonst wenden wir Gewalt an."

Frau Elisabeth war auch herbeigeeilt und umschlang den Gatten.

„Lasset mich meinen Herrn begleiten," bat sie. „Er ist bei Jahren und kränklichen Leibes."

„Nichts da, mit Weibern haben wir nichts zu schaffen. Die Ketzerpfaffen mitnehmen, lautet unser Auftrag, nicht ihre Weiber. Er mag ein wärmer Gewand antun, weil er bei Jahren ist — aber eilt, wir müssen weiter!"

Bebend holte sie in Eile das warm gefütterte Amtsgewand herbei, daß sie ihm anlegen half, und drückte ihm die Bibel in die Hand, daß er nicht ohne Quell des Trostes. sei. Aber die tränenreiche Umarmung störte der Rittmeister, der mit rauher Hand die Gatten auseinander und den Priester mit sich fortriß. Grobe Fäuste zerrten ihn auf ein lediges Pferd; man nahm ihn in die Mitte und jagte zum Dorfe hinaus, den andern nach. Der des Reitens unkundige Wolfram schwankte hin und her auf seinem Tier bei dem wilden Ritt und hielt sich krampfhaft mit der Rechten in der Mähne fest, während seine Linke das heilge Buch fest gegen das Herz preßte. Er war totenbleich, der Angstschweiß rann ihm stromweis über das Gesicht, und sein spärliches graues Haar klebte an der Stirn. In seinen Augen stand die Verzweiflung, und so bot er ein Bild hilflosen Jammers. So bildete er bald die Zielscheibe für den rohen Spott seiner Entführer. Schließlich befahl der Hauptmann, ihn festzubinden, bis man das Regiment wieder erreicht hatte. Als der Zug nun wieder langsamer sich bewegte, ward Wolfram vom Pferd gerissen und gezwungen, zwischen den Reitern zu Fuß zu laufen, und wenn seine Kräfte versagen wollten, trieb man ihn mit der Reitpeitsche an. Erschöpft, in Schweiß gebadet, am ganzen Leibe zitternd, erreichte er endlich Sagan, und am Tore der Stadt hieß man ihn den Wagen, darauf die katholischen Priester saßen, besteigen. Und mit denen gemeinsam fand er Aufnahme in dem Kloster, wo er in einer engen Zelle eingeschlossen ward, ohne irgend eine andere Speise als Wasser und Brot. Die Bibel hatte man ihm genommen. „Daß

sein Ketzerstarrsinn nicht noch Nahrung sauge aus
der verbotenen Schrift."

Wenn das Glöcklein im Kloster zu Buß- und
Andachtsübungen rief, holte man ihn aus der
Gefängniszelle und zwang ihn, Zeuge all des Ge-
pränges und der feierlichen Handlungen zu werden,
nach deren Beendigung er wieder in seine Einsam=
keit zurückgeführt wurde.

Was bezweckte man damit? Er sollte es erfahren.

Zwei Tage waren so vergangen, da ward er
plötzlich aus dem Kloster geholt. Fußsöldner nahmen
ihn in die Mitte und führten ihn durch die stark
belebten schmalen Gäßlein der Stadt. Ueberall sah
man die hohen schwarzgekleideten Gestalten der
Jesuitenpater zwischen dem Landsknechtsvolk und
den dürftig ausschauenden verängstigten Städtern und
vereinzelten Bauern, die gekommen waren, Nahrungs=
mittel feilzubieten. Lärm und Unruhe herrschte überall,
und das Geläut, das bald von dieser, bald von jener
der zahlreichen Kirchen herniedertönte, vermehrte das
Getöse. Ihr Weg führte dem Ausgang der Stadt zu,
wo der massige, stolze Bau des Schlosses sich erhob.
Wolfram, verängstigt und verschüchtert durch die
Erlebnisse der letzten Tage und seine Einsamkeit, wie
durch die Unsicherheit seiner Lage, wagte doch die
scheue Frage: „Wohin führt ihr mich? So man mir
mein letztes Stündlein bestimmt hat, so wird man
mir doch noch die eine Gnade zugestehen, meinem
Weibe Botschaft zukommen zu lassen und meinen
Frieden mit dem Allerhöchsten zu machen?"

Ein lautes Lachen war die Antwort: „Wär's so, so hätt' man längst kurzen Prozeß machen können. Seid froh, daß Euch eine gar große Ehre zuteil werden soll. Der großmächtigste Feldherr und Graf Wallenstein selber hat Befehl gegeben, Euch vor sein Angesicht zu bringen!"

Da erschrak der arme Wolfram mehr, als wenn man, worauf er gefaßt war, ihm sein letztes Stündlein angekündigt hätte. Der Wallenstein? Was wollte der von ihm? So vieles hatte er von dem finsteren Manne gehört; vor ihm fürchtete er sich mehr, als vor dem Satanas selber.

Indessen wurde seine Aufmerksamkeit noch einmal von sich selbst und der gefürchteten Begegnung abgelenkt. An der Straßenecke überholten sie einen langen und seltsamen Zug, der schon Auffallen erregt hatte wegen des lauten Jammerns und Weinens, das von ihm herüberklang. Reiter waren es auch, die ihn begleiteten. Aber sie trieben vor sich her, einer Lämmerherde gleich, eine große Schar halbwüchsiger Kinder: Knaben und Mädchen, deren Hände durch Stricke gefesselt waren. Vorauf ritten zwei Männer im Priesterkleide, und zu Seiten der in Reihen geordneten Kinderschar gingen Kriegsleute als Wachen. Das Schreien, Jammern und Weinen aber kam teils von den gefesselten Kleinen, mehr noch aber von einzelnen Weibern und Männern, die mit zerrauftem Haar und zerrissenen Kleidern neben dem Zug herrannten und von Zeit zu Zeit durch die Soldknechte mit Spießen und Lanzen hinweggescheucht wurden, um dennoch sich wieder zu nähern. Die Rufe, die

Verwünschungen, die sie ausstießen, die aus der Gruppe
der fortgeschleppten Kinder ihnen zugestreckten gefesselten
Hände ließen unschwer erkennen, um was es sich hier
handelte. Dennoch wagte Wolfram wieder eine
Frage: „Was haben all diese Kinder begangen, daß
man sie in Fesseln schlug, und wohin will man mit
den Armen?“

Und ihm ward die seltsame Antwort: „Zu ihrem
Heile band man sie, daß sie nicht in ihrer Verblendung
denen zu entrinnen trachten, die sie hinwegführen aus
der Gefahr, ihr ewig Seelenheil zu verlieren, und
ihnen Rettung zuteil werden lassen wollen.“

Da verstand Wolfram erschauernd, daß die armen
Kinder ihren Eltern entrissen worden waren, um sie
gewaltsam in der katholischen Lehre zu erziehen.
„Wohin bringt man sie?“ fragte er zum dritten
Male.“

„Was kümmert's Euch und uns? Vielleicht gen
Prag, wo der Orden der Gesellschaft Jesu ein Heim
hat für die verirrten Lämmer zu ihrer Seelenrettung.“

Der Führer der Soldknechte, der nur widerwillig
ihm Auskunft gegeben, wandte sich jetzt barsch von
ihm ab und gab Befehl, die Schritte zu beschleunigen.
Man war nunmehr vor dem Schlosse angelangt,
vor dessen mächtigem Portal die Wache sie anrief,
aber nach Gebung des Losungswortes ungehindert
durchließ. In der weiten hallenartigen Durchfahrt
ward Wolfram einem kaiserlichen Offizier übergeben,
der ihn durch zwei seiner Leute bis in ein Vorzimmer
führen ließ und dort zu warten befahl, bis seine
Erlaucht den Gefangenen vorlassen würde.

Da hatte der Pfarrer von Eckardsdorf der Muße
genug, seine Lage und die seiner Glaubensgenossen
zu überdenken, denn das Warten währte lange.
Und nur die Ruhe fehlte ihm. Denn das Vorzimmer
war angefüllt mit vielen Leuten, die als Bittsteller
gekommen waren oder Klagen und Beschwerden
vorzubringen hatten. Doch auch Leidensgefährten
gewahrte Wolfram, Glaubens- und Amtsgenossen,
die er kannte, dieweil sie auch in Dörfern der Lau-
sitzen tätig waren. Gab ihm das einen Trost, so doch
zugleich die niederdrückende Gewißheit, daß es den
Feinden der evangelischen Lehre ernst war mit deren
Verfolgung und Austilgung, und daß die Machthaber
der Kirche sich die weltlichen zur Hilfe bei ihrem
Werke gewonnen. Nicht den Kaiser allein, der, weil
er fern war, von den Bedrohten minder gefürchtet
ward, sondern auch die Stellvertreter der kaiserlichen
Gewalt in der Landschaft, wie hier in dem schier
allmächtigen Wallenstein.

Das Warten dauerte lange. Durch die hohe
Flügeltür, hinter der der Erlauchtigste mit seinen
Generalen und Beamten zu Rat und Gericht saß,
kamen und gingen die Eingelassenen und Entlassenen,
zaghaft und zuversichtlich: jene erleichtet oder niedergedrückt, diese stets aber mit scheuer Hast das Vor-
gemach durchmessend und von bannen eilend. Die
Laune des Gewaltigen schien heute nicht sehr hell.

Endlich standen auch die evangelischen Pfarrer
vor dem hohen, bleichen und finster blickenden
Manne, der, umgeben von einem glänzenden Kreise
adliger und ritterlicher, gelehrter und geistlicher Herren

an dem Tische saß, auf dessen kostbarer Decke Akten,
Pergamente und Schreibgeräte lagen. Wolframs
ängstlich umherirrendes Auge traf auf das spöttisch
lächelnde Gesicht des Landeshauptmanns Gabner,
aus dessen Mienen er die Worte zu lesen glaubte:
„Wir kommen wieder — das hab' ich ihm ja gleich
versprochen!" Sein Herz pochte überlaut. Ach, und
er hatte hier nicht sein geliebtes Saitenspiel, sich
Mut und Kraft wie damals zu ersingen. Und wie
hätte er zudem das hier und jetzt gekonnt, wo die
durchbohrenden Augen des Gewaltigen sich auf ihn
allein zu heften schienen, da sie die Hereingeführten
nach der Reihe musterten. Ein Schreiber las aus
einem Pergament die einzelnen Namen vor, und mit
scharfer, kalter, wie ein Dolchmesser schneidender
Stimme führte der Graf selber mit jedem ein kurzes
Verhör über Alter, Abstammung, Stand der Familie
und der Gemeinde. Und der Schreiber machte seine
Notizen. Und dann kam die Anklagerede, die schon
die Drohung der Verurteilung in sich schloß. Sie
alle, die Beklagten, sollten sich der Widersetzlichkeit
wider die kaiserliche Gewalt schuldig gemacht haben,
außerdem des absichtlichen sündhaften Beharrens im
Ketzertum und der Verführung aller, denen sie zum
Seelenhirten gesetzt waren. Welches verwerfliche
Ketzertum die Schuld daran trug, daß über des
Kaisers Lande und Untertanen die greuliche Kriegs=
furie gekommen war und mit Brand, Raub und
Brudermord solches Land und alles, was darin
wohnte, zugrunde richten müsse. Und ehe nicht die
unheilvolle Spaltung zwischen den Gliedern derselben

Nation hervorgerufen durch den Wittenberger ab=
trünnigen Mönch hundert Jahre zuvor, hinweggetilgt
und alle, mit Milde oder Gewalt, in den Schoß
der wahren alleinigen Kirche zurückgeführt wären,
wird ein Friede nicht wieder einkehren in das Land.
Und jeder, der sich solcher Umkehr weigere, wider=
setze und andere dazu verführe, sei mitschuldig an
dem Blutvergießen dieses Krieges und mit härtester
Strafe zu belasten — an Leib, Gut und Leben, oder
des Landes zu verweisen."

Dann aber kam noch ein Satz, der redete von
einer Bedenkfrist, dieweil die Kirche nicht allein eine
liebevolle Mutter sei, sondern auch der Kaiser als
ihr würdiger Sohn ein gütiger Fürst, der dem
Reuigen voll Gnade den Weg zur Einkehr offen
lasse. Drei Tage Frist. — — —

Danach wurden die geängstigten Priester der
gereinigten Lehre wieder ihren Wächtern übergeben
und ein jeder in sein Gewahrsam zurückgeführt.
Nur ein paar Wörtlein untereinander zu wechseln,
sich gegenseitig Mut zuzusprechen, ward ihnen nicht
gestattet. Wohl redeten die Blicke, aber was die
sprachen, war meist auch nur Verzweiflung und
Jammer.

Drei Tage Frist. Drei Nächte voller Unruhe und
Sorge. Was war geschehen in all dieser Zeit mit
den Gliedern seiner Gemeinde, mit seinem Weibe?
Keinerlei Botschaft drang zu ihm. Wußte doch
niemand in Eckardsdorf, wo Christoph Wolfram
weilte. Hunger und Einsamkeit, außer der Sorge,
und Angst seine Gesellen. Erst der dritte Tag brachte

menschliche Gesellschaft; sogar sehr viel. War einer
gegangen, kam bald ein anderer — nämlich von den
Vätern der Gesellschaft Jesu. Redeten die einen
süß und milde, mit Verheißungen und sanften
Mahnungen und Schmeichelworten, so dräuten die
anderen mit irdischen und höllischen Strafen, erhoben
Anklagen wider den verehrten Gründer der Lehre,
malten Weißes schwarz und Schwarzes weiß und
ließen der erschöpften Seele keine Ruhe, machten das
müde Hirn verwirrt und irre an allem, was ihm
vorher heilig erschienen war. Solchen Meistern der
Dialektik war der schlichte Dorfgeistliche nicht gewachsen,
sonderlich nicht, wenn sie schmeichelten. Dem Fluchen
war leichter zu widerstehen als der scheinheiligen Güte.

Da er es aber doch noch versuchte, standhaft zu
bleiben, trat als letzte Bedrohung am Abend des
dritten Tages — die Tortur.

Ach, Frau Elisabeth hatte es immer gewußt, ihr
sanfter Christoph war zum Helden und Märtyrer
wenig geschickt. Hätte sie bei ihm bleiben oder ihm
nur eine Botschaft senden können, seine wankende
Kraft hätte sich daran geklammert und aufgerichtet.
Nun hatte er keinen sichtbaren Stab — und auch
nicht einmal seine Bibel!

Und nach dieser dritten Nacht, während er sich
mit von der Folter geschwollenen und schmerzenden
Gliedern im Fieber auf seinem harten Lager wand,
während welcher die Angst vor der Ungewißheit
seines Schicksals ins Ungeheuerliche sich steigerte, ob
der Tod auf dem Holzstoß, ob das Elend der Ver=
bannung und Heimatlosigkeit, die Trennung von

ſeinem Weibe ihn erwartete, war ſeine Kraft gebrochen.
Als nun der milde Pater kam und auf ihn einredete,
doch zu ſeinem irdiſchen und ewigen Heile, zur Er-
haltung des eigenen und desjenigen ſeines Weibes
dem Ketzertum zu entſagen, da widerſtand Chriſtoph
Wolfram nicht länger. Auf die Frage, ob er zum
Abſchwören ſeines bisherigen Bekenntniſſes bereit ſei,
kam ſeine Antwort als ein wimmerndes Ja. Und
man war ſchnell bei der Hand mit allem Nötigen,
brachte das Bild des Gekreuzigten, führte und hielt
dem Zitternden ſelber die Rechte, ſie darauf zu legen
und ſprach die Formel des Schwures vor, die der
innerlich und äußerlich Gebrochene kaum verſtändlich
nachſtammelte.

Die alleinige Kirche hatte es erreicht — dieſe eine
arme Seele ſcheinbar für ſich gerettet. Mühe genug,
wahrlich, hatte man ſich um ſie gegeben.

Nun Wolfram ſich willig gezeigt, nahm man ſich
ſeiner liebevoll an. Er wurde in ein beſſeres Gemach
gebracht, aufs freundlichſte gepflegt, bis er ſich einiger-
maßen erholt hatte, und erhielt dann die Erlaubnis,
frei in der Stadt umherzugehen, ſich ein Unterkommen
in ihr zu ſuchen und ſeinem Weibe Botſchaft zu
ſenden mit der Aufforderung, zu ihm zu kommen.
Die Stadt zu verlaſſen ward ihm vorderhand noch
nicht geſtattet, und ihn lüſtete nicht nach der Rückkehr
in ſein Dorf. Denn in ihm brannte eine tiefe Scham.
Er hätte keinem ſeiner früheren Gemeindeglieder frei
ins Auge blicken können. Der Scham geſellte ſich
dann aber Schmerz und Schrecken. Denn die Botſchaft,
die ihm von ſeiner Eliſabeth wurde, kam unerwartet.

Sie war nicht mehr zu finden in Eckardsdorf. Nach Wittenberg war sie gegangen zu ihrem Sohne, dem Studenten der Theologia. Und viele der Eckardsdorfer hatten es vorgezogen, die Heimat um den Glauben zu verlassen und sich so standhafter gezeigt als ihr einstiger Seelenhirte.

In seiner Verlassenheit empfand er es als eine Wohltat, daß man ihm anbot, als Sekretarius auf dem Schlosse Dienste zu tun. Die Absicht, ihn wieder im Kirchenamte zu beschäftigen, schob man vorläufig noch auf, bis man seiner ganz sicher wäre. Wolfram war unter seinen Leidensgenossen der einzige, der nicht den Märtyrerweg der lebenslangen Verbannung gewählt hatte, der einzige, der treubrüchig geworden war dem wahren, reinen Glauben — aus Schwachheit des Fleisches. Und seine Seele war niedergedrückt von Scham und Reue. Er fühlte sich tief unglücklich und wagte nicht einmal mehr, im Gebete Trost zu suchen, wiewohl er aus Furcht die Messe regelmäßig besuchte und sich den katholischen Gebräuchen unterwarf. Nein, Gebet war es nicht, was seine Lippen mechanisch mitstammelten; denn Gebet ist Gespräch des Herzens. Ihm kam es vor wie Gotteslästerung, was er tat, und es war nicht viel Besseres, und er fühlte, daß er täglich Sünde auf Sünde häufte. War es nicht so? Wer einmal gefehlt — er konnte nicht zurück — Satanas ließ ihn nicht mehr aus seinen Klauen!

Das Leben, das zu retten er seinen Glauben verleugnet, freute ihn nicht mehr. Hätte er zu beten gewagt, so hätte er wohl gefleht, daß Gott ihn hinwegrufe von dieser Jammerwelt. Aber wie durfte er sich das wünschen? Wie hätte er jetzt noch bestehen

können vor dem Angesichte des höchsten Richters?
Vielleicht aber, daß der, welcher in die Herzen blicket
und den Mantel seiner Liebe über alle menschliche
Schwachheit decket, auch ohne Gebet sich des Frieblosen
erbarmte? Wie ein Zeichen göttlicher Gnade war es,
was ihm eines Tages begegnete.

Solange der Graf von Wallenstein Hof hielt im
Schloß zu Sagan, trafen fast täglich Magnaten oder
Würdenträger aus den angrenzenden Gebieten in
Stadt und Schloß ein, um dem Günstling des Kaisers
ihre Besuche zu machen, ihre Huldigungen darzu-
bringen oder um seine Freundschaft zu buhlen.

So konnte es nicht fehlen, daß eines Tages auch
der Graf von Promnitz, Herr zu Sorau, Pförten
und Priebus, der reichsten einer in der Lausitz und
Schlesien, verwandt und verschwägert mit den ältesten
Familien des Landes, den Schönaichs, Schaffgotschs,
den Pleß', Reuß' und Weißenfels', seine Auf-
wartung im Saganer Schlosse machte. Die Prom-
nitze waren auch beim Kaiser angesehen. Gleich-
wohl hielten sie frei stolz auf ihre Rechte und galten
unter anderem mit Recht als Beschützer der evangelischen Sache, obwohl einzelne Glieder des Hauses
auch wieder zum katholischen Glauben übergetreten
waren. Sie hätten nimmer den Jesuiten auf ihren
Gebieten eine Macht eingeräumt, wie sie solche leicht
anderswo überall gewonnen. Graf Seifried, der
derzeitige regierende Graf, Landvogt jenes Teils der
Lausitz, der durch Verpfändung vorübergehend an
Sachsen gekommen war, hatte es aus diesem letzteren
Grunde noch leichter, den von ihm bezeichneten Revers,

der seinen Untertanen volle Religionsfreiheit gewähr=
leistetete, einzuhalten. Des Kaisers Befehl galt hier
nicht so unbedingt. Der Rat, den Wolfram anfangs
seinem Weibe gegeben, zu der in Sorau verheirateten
Tochter zu ziehen, war also ein guter gewesen; und
wäre ihm Zeit geblieben, durch seinen Eidam den
Schutz des Grafen Promnitz anzurufen, so wäre er
wohl vor dem Aergsten bewahrt geblieben. Allein,
wer kann alles voraussehen?

Der Graf Seifried von Promnitz also machte
eines Tages dem Wallenstein seine nachbarliche Auf=
wartung. Mit einer stattlichen Zahl von Edelleuten
seines Hofes zog er ein, gefolgt von großem Diener=
troß. Es gab ein prächtiges Bild, wie er einritt
mit seinem Gefolge. Und die Schar der ewig Schau=
lustigen war im Nu auf der Gasse versammelt, ihre
Neugier zu stillen. Die Abendmesse war just zu Ende
und viel Volk unterwegs.

Müden Schrittes, das Haupt gesenkt, kam auch
Christoph Wolfram dahergegangen und geriet ins
Gedränge, als er die Gasse überschreiten wollte. Eben
nahte der Zug. Trompeter voran, und Wolfram
mußte stehen bleiben in der vordersten Reihe der
Schaulustigen. Wohl ließ ihn das Gepränge gleich=
gültig. Als aber aus der Menge Bemerkungen
fielen, durch die er erfuhr, von woher die fremden
Gäste waren, da begann sein Herz in unruhiger
Hoffnung zu pochen. Vielleicht, daß er ein bekanntes
Antlitz im Troß der Sorauer Herren gewahrte, einen
Weg fand, seinem Eidam von seinem Aufenthalt
und Ergehen Botschaft zukommen zu lassen! Und

er hob den Blick und ließ ihn in bangem Suchen über die Vorbeiziehenden gleiten.

Und siehe da — unter den Mannen der Promnitzschen Leibwache, die den Zug beschlossen, war einer, dessen Auge mit einem Blitz des Erkennens, der Ueberraschung, den seinen begegnete. Der Robert Kunzen, seines Eidams jüngerer Bruder! Ein Ausruf entfloh seinen Lippen, und der Reiter schwenkte mit seinem Rößlein aus der Reihe und zu ihm heran. „Wolfram? Gelobt sei Gott! Ihr lebt, und hier? Wo find' ich Euch, daß ich Euch spreche?" — Da nannte der Zitternde ihm die Wohnung und sah mit Tränen des Dankes dem Weiterreitenden nach, der ihm noch zugerufen: „Vor Nacht noch such ich Euch auf!"

Und er suchte und fand wirklich das ärmliche Gelaß in dem Häuslein in der entlegenen Gasse, darin der Einsame seinen Unterschlupf gefunden, berichtete, in welcher Sorge Schwägerin und Bruder um den Verschwundenen gewesen, daß sie beide wohlauf seien und die Mutter glücklich im Sächsischen eine Heimat gefunden.

Als er dann aber sagte, er wolle seinen Grafen darum angehen, daß er ein gut Wort einlege, damit man Wolfram mit gen Sorau nehmen lasse, da wehrte der Alte heftig ab. Er schämte sich und wagte nicht zu gestehen, wie er sich in der Angst hatte bereden lassen. „Es ist genug, daß ich weiß, es gehet den Meinen wohl. Ich darf mich dem Ungemach nicht entziehen und will in Geduld abwarten, wie es mir bestimmt ist."

Der junge Gesell drängte nicht weiter, verhieß aber, die Kunde nach Sorau und von da weiter nach Wittenberg zu geben, daß Wolfram am Leben sei. Dann ging er und vergaß in den festlich bewegten Tagen, die nun für die Sorauer Gäste folgten, sich wieder um den Alten zu kümmern, der ja selber in seiner Einsamkeit nicht gestört werden wollte.

Der Besuch des Promnitz war der letzte auf dem Saganer Schloß für diesen Winter. Als das Frühjahr kam, hieß es, der Wallenstein ziehe ab, der Feldzug gehe weiter. Und eines Tages geschah das. Für Wolfram kam nun eine schlimmere Zeit, weil nun die Aufsicht von seiten der Jesuiten wieder strenger über ihn ward und man ihn zwang, in der Kirche Meßnerdienste zu verrichten, ihm auch wieder eine Klosterzelle als Wohnung anwies und ihn wie einen Gefangenen hielt. Er war nun so zerbrochen, daß er alles tat, was man begehrte. Aber mitten im Sommer ging an einem Morgen ein lautes Geschrei durch die Stadt: „Die Schweden kommen!"

Von Gegenwehr war keine Rede, dieweil die Stadt von Söldnern so gut wie entblößt war. Die geringe Schloßwache durfte nicht auf Sieg rechnen bei so gewaltiger Uebermacht, sondern beschloß sogleich, sich zu ergeben. Die Bürgerschaft fand es auch klüger, freiwillig die Tore zu öffnen und sich der Gnade der Schweden zu empfehlen. Nur die Jesuiten fanden es nicht angebracht, auf Gnade zu rechnen. Sie wußten, daß ihnen Gefahr drohte durch die Rächer der vergewaltigten Evangelischen und brachten sich durch eilige Flucht in Sicherheit.

Die schwedischen Soldaten aber nahmen Quartier

in den leergewordenen Klosterräumen, darinnen sie
nur das Klostergesinde fanden und außer einigen
Laienbrüdern den einstigen Pfarrer von Eckardsdorf.
Man schleppte ihn mit jenen anderen vor die
Hauptleute. Und als bei dem Verhör Wolfram
gesagt, wer er sei, wie er hier hergekommen, da ward
er vor den Feldgeistlichen geführt.

Das war Magister Samuel Hoffmann, Probst
von Bernau.

Schluchzend warf Wolfram sich dem würdigen
Amtsbruder zu Füßen und erzählte alles. Sein
Leiden, seine Schuld und seine Schmach. Samuel
Hoffmann hob ihn auf und sprach: „Nicht an mir
ist es, Sünden der Schwachheit zu verdammen, da
du ehrliche Reue zeigst, Christoph Wolfram, und
unser Heiland noch am Marterholz dem sterbenden
Missetäter das Himmelreich verhieß. Ist es aber
an dem, daß du ehrlich deine Schwachheit bereust
und bereit bist, Buße zu tun zum Exempel und zur
Warnung für alle schwachmütigen Seelen?"

„Bestimmt über mich, ich bin bereit zu jeder
Buße und Demütigung, damit ich abwasche meine
Sünde vor Gott und den Menschen."

„Demütig und öffentlich," nickte der Propst. Und
bei dem großen Dankgottesdienst, bei welchem die
verscheuchten und eingeschüchterten, nun aber zu
neuem Mute belebten evangelischen Einwohner der
Stadt und Umgebung in Scharen in der großen
Kirche zusammengeströmt waren, erlebten sie ein
herzerschütternd Schauspiel. Auf den Stufen des

Altares kniete barfuß und barhaupt ein in Leibes-
und Seelennöten zum Greise gewordener würdiger
Mann und bekannte vor aller Augen und Ohren
mit lauter Stimme, wie er aus Menschenfurcht der
Anfechtung erlegen und abtrünnig geworden sei am
wahren Worte, und flehte den barmherzigen und
gnädigen Gott an um Vergebung solcher großen
Sünde. In dreien Malen ward ferner in allen
Kirchen der Stadt und Umgegend solches Bekenntnis
öffentlich verlesen samt der Abbitte, und die Fürbitte
der Gemeinde erfleht.

Christoph Wolfram aber, da er nach jenem öffent-
lichen Kniefall sich von den Stufen des Altars erheben
wollte, verließen ihn die Kräfte. Ohnmächtig brach
er zusammen und mußte hinausgetragen werden.

Das Lager, darauf man ihn betten mußte, verließ
er nicht wieder. Seine Tochter aber, die man herbei-
rufen durfte, pflegte ihn, bis er zwei Wochen nach
seiner Buße in Frieden und mit Gott versöhnt die
Augen schloß. Frau Elisabeth kam zu spät und
durfte ihrem Eheherrn, dem sie um seiner Schwachheit willen gegrollt, nur noch die letzte Ehre erweisen.

Propst Samuel Hoffmann selber hielt die Leichen-
predigt vor einer großen Versammlung. Von Petri
Verleugnung sprach er und von des Reuigen Umkehr
und Besserung, wie er hinausging und weinte
bitterlich. Und hielt denen, die da in stolzer Selbst-
gerechtigkeit den Schwachen zu verachten strebten,
zum Beschluß das Wort der Schrift entgegen: „Es
wird mehr Freude sein im Himmel über einen
Sünder, der Buße tut, denn über zehn Gerechte.“

Darum bleiben die Gott= losen nicht im Gerichte.

Wirklichen Begebenheiten in vergangenen Tagen nacherzählt von F. Gebhardt.

Die Albrechtsdorfer steckten die Köpfe zusammen, als sie aus der Predigt kamen. Ja, der Pastor Golltz, das war Einer! Der fürchtete sich vor dem Teufel selber nicht — Wie hatt' ers den Junkern wieder gegeben in der Predigt!! Das war denen zu gönnen und recht, der ihr Uebermut kannte ja schier keine Grenzen mehr, und wie sie den Bauern mitspielten, das war gar nicht auszumalen! Ja, der Golltz, auf die Bauern hielt er, und wenns gegen den Herrn ging, das war ein Pfarrer, wie er sein soll!

Den Junkern freilich, sofern sie in der Predigt gewesen wären, was natürlich nicht der Fall war, hätte wenig gefallen, was ihnen da vorgeworfen worden über ihre gotteslästerliche Völlerei, Fressen und Saufen, Händel und allerlei schlimme Sünden. Wenn sie es nun nicht selber mit angehört, so waren doch andere, die ihnen berichteten. Und den Prediger durft' es drum kaum Wunder nehmen, daß seines Gutsherrn und Patrons Antwort wenige Tage darauf schon in der Pfarrei eintraf, lautend, das selbiger ihn zu

Michaelis seines Amts in Albrechtsdorf entbinde. Einen Prediger, der die Bauern wider ihren Herrn aufsässig mache, noch länger im Brote zu behalten, das gedachte der von Fahl nicht zu tun. Es gab Prediger genug, die demütigeren Sinnes waren und die taten, was ihr Patron sie gehießen!

Zu Michaeli die Pfarre räumen! Das war freilich schlimm, denn Goltz hatte Weib und Kind. Aber klein beigeben, wie man droben wohl erwartete, das tat er nicht. War er Einer der Eifrigen im Dienst des himmlischen Herrn, so war er auch Einer, der dem Herrn vertraute. Der würde ihm schon helfen, dieweil seines Priesters Diener der Eifer für den Herrn gefressen. Wer aber mit den „anderen Predigern, die demütigeren Sinnes waren", gemeint sei, daß wußte er auch. Der Jürgen Jauche, armer Leute Kind, Pfarradjunkt in der Nachbarschaft, schielte schon lange aus nach einer festen Stelle und redete den Vornehmen zu Munde, wie er konnte. Einer von den Wechslern im Tempel! Und der fromme Mann konnte es nicht hindern, daß der Zorn in ihm empor kochte bei dem Gedanken, daß jener ihn verdränge und vertreibe, um sich selbst an seine Stelle zu setzen und das Werk, das er hier begonnen, nun zunichte machen würde.

Es sprach sich bald genug herum in der Gegend, daß der Edle von Fahl sich mit seinem Geistlichen erzürnt und ihm gekündigt hätte. Und wer die beiden kannte, der wußte, zurück ging keiner von ihnen. Nicht einen Schritt.

Georg Jauche, der Pfarradjunkt, an den Gollz gedacht, hörte auch von der Sache. Und sofort beeilte er sich, das Seine zu tun, um die vakante Stelle für sich zu sichern. Ein schriftlich Gesuch an den Patron genügte ihm nicht. Um den Alten zu gewinnen, machte er sich klug an den Sohn, denn der war der künftige Herr. Und es ist immer weise, an die Zukunft zu denken. Er traf den Junker, als er mit seinen Freunden, unter denen auch der wilde Dahms, der übelberüchtigste aller jungen Edelleute in der Gegend, vor dem Mildenauer Kruge hielt und vom Roß springen wollte, und bat gar bescheidentlich um einen Augenblick Gehör. Und in der Schenke ward es ihm von den Dreien zugesagt, daß sie sein Gesuch bei dem Albrechtsdorfer Patron befürworten wollten. Bedingung war nur, daß er sich durch Handschlag verpflichte, nie und nimmer von der Kanzel aus etwas wider die Edelleute zu reden! —

Die gleiche Bedingung wurde ihm dann vom Patron auch gestellt.Und um die Pfarre zu erhalten, ging Jauche auf dieselbe ein und ward anno 1620 in die Predigerstelle zu Albrechtsdorf berufen.

Vollzählig hatte sich die Gemeinde versammelt, um die Abschiedspredigt und zugleich die Antritts= predigt des alten und des neuen Pastors zu hören. Nur wenige Worte zu sagen war dem Gollz noch gestattet worden. Die Bauern, die ihn ungern scheiden sahen, hatten das noch durchgesetzt. Die Edelleute aber triumphierten, ihren Willen durchgesetzt und einen Prediger nach ihrem Sinn gewonnen zu haben. Heute war auch der Herrschaftsstand nicht leer wie sonst. Der Junker von Fahl, der künftige Herr, und seine beiden Freunde saßen darin. Sie waren ihrem Schützling zu Gefallen heute gekommen.

Der Gottesdienst begann, das Eingangslied verklang, Jürgen Jauche hielt die Liturgie, und nach weiterem Gesange betrat Gollz die Kanzel. Nur drei Worte sagte er, hätte man ihm gestattet, bevor er von der ihm lieben Wirkungsstätte scheide. Das erste sei ein Dank an die Gemeinde, so weit sie zu ihm gehalten und sich bemüht hätte, seinen Ermahnungen zu folgen. Das zweite sei ein Dank gegen den allgütigen Gott, der die leibliche Not seines Dieners gesehen und ihm seine Hilfe verliehen, so daß er nach Kuhnow in die dortige Predigerstelle berufen sei. Das dritte richte er an seinen Nachfolger und an die, so ihm hier Widersacher gewesen wären. Die Edelleute in ihrem Trotz wider Gott und seinen Willen wollten einen Pfarrer haben, der den Mantel nach dem Winde zu tragen verstünde. Aber Gottes Hand sei über ihnen allen. Und die Priesterfeinde, die hier zugegen wären, sollten nicht triumphieren und sich frei wähnen von dem Gerichte des Allerhöchsten. Seine Hand wird sie treffen, ehe sie es sich versehen. Denn es bleiben die Gottlosen nicht im Gericht, noch die Sünder in der Gemeinde der Gerechten. Sie sind wie Spreu, die der Wind verwehet!"

Seine Stimme war gewaltig geworden und klang wie die eines drohenden Propheten. Und als er darauf mit „Amen" schloß, saß alles im Kreise still. Um den Mund der Junker zuckte es zwar spöttisch, aber ihre Gesichter waren unruhig, und der neue Prediger gar war blaß und zitterte, und als er hernach die Kanzel betrat, fand er nur mühsam und nach und nach die Worte zusammen, die er hatte reden wollen. Und keiner hörte recht hin, so gewaltig war der Eindruck von vorhin.

Pfarrer Gollz aber, der mit seinen letzten Worten mehr der Eingebung seines wohl gerechten, hier aber schlecht angebrachten Zornes gefolgt war, ahnte es nicht, daß er in der Tat als Prophet gesprochen hatte.

Noch im gleichen Jahre erfüllte sich seine Weissagung an den drei Junkern, den „Priesterfeinden", die damals zugegen waren.

Den wilden Junker von Dahms traf das Verhängnis zuerst. Bei der Kirmes zu Tschaksdorf, seinem väterlichen Gute, forderte er mit junkerlichem Uebermute den Zorn der Bauernburschen auf dem Tanzboden heraus, indem er ihnen die Tänzerinnen streitig machen und hernach die Musik nehmen und auf sein Schloß schleppen wollte. Die Bauernburschen aber, die schon längst einen Groll wider die Junker hatten, ließen sich ihr Recht nicht kürzen. Eine wilde Schlägerei entstand, und der Junker von Dahms blieb unter den Knütteln der Bauern tot auf dem Platze. Ungerochen — denn der Täter entkam.

Der von Fahl stürzte bei einem wilden Ritt in Sorau vom Pferde und brach den Hals, und der dritte Gefährte wurde im Zweikampf erstochen.

Noch sichtbarlicher aber schlug die Hand des Herrn den ungetreuen Knecht, Georg Jauche. Auf dem

Wege zu einer Gaſtpredigt in Milbenau, eine halbe Stunde von Albrechtsdorf, traf ihn ein Schlaganfall. Wohl fand er ſogleich Hilfe und Pflege und genas nach langem Siechtum — doch blieb er zeitlebens der Sprache beraubt. Das Armenhaus im Niederhoſpital der Stadt Sorau nahm ihn auf. Und um ſein Leben zu friſten und ſich vor Hunger behüten zu können, ward ihm geſtattet, ſo lange bis er dort im Alter Unterkunft fand, in der Stadt eine Branntweinbrennerei zu halten und in einer Bude an der Gaſſe ſein Gebräu feil zu bieten. Er ſtarb in jenem Armenhaus im Jahre 1656 nach einem elenden, verachteten Leben.

www.ingramcontent.com/pod-product-compliance
Lightning Source LLC
Chambersburg PA
CBHW021431110726
47901CB00008B/2383